KB081180

최재천의 곤충사회

최재천의 곤충사회

최재천

열림원

게으른 자들아, 개미에게 가서
그가 하는 것을 보고 지혜를 얻으라

- 「잠언」 6장 8절 -

일러두기

이 책은 2013년부터 2021년까지 최재천 교수의 강연과 2023년 열림원 편집부와 진행한 인터뷰를 바탕으로 했다.

2밀리미터의 작고 아름다운 사회

저는 눈이 참 작습니다.

오죽하면 미국에서 망막박리 수술을 받을 때, 제 눈을 봐주시던 노교수님이 제게 거의 입 맞출 것처럼 가까이 다가오셔서 나중에는 좀 떨어져주시면 안 되겠냐고 부탁을 드렸더니 그 선생님이 이렇게 말씀하셨습니다.

“네가 좋아서 이러고 있는 거 같으냐? 내가 평생 눈 들여다보고 살았지만 너처럼 눈동자 작은 놈은 처음 본다. 어떻게 이렇게 작으냐?”

60대 초반에는, 고등과학원 원장을 지내신 서울대 물

리학과 출신의 김두철 교수님이 마주 보고 얘기하던 중에 이러셨어요.

"최 교수는 눈이 아주 작은데?"

"선생님도 만만치 않은데요?"

그래서 둘이 안경 벗고 누구 눈이 더 작은지 비교해 보았습니다. 만만치 않았어요. 하여간 제 눈이 아주 작은데, 그 작은 눈으로 저는 작은 곤충들을 누구보다도 잘 찾고 열심히 연구했습니다.

곤충은 작지만 자세히 들여다보면 우리와 사는 모습이 참 비슷합니다.

제가 연구한 민벌레도 몸길이가 2밀리미터밖에 되지 않습니다. 어두컴컴한 숲속의 나무껍질 밑에서 빠르게 움직이는 그 하얀 놈들을 연구한다는 것은 정말 말도 안 되는 일이지요. 민벌레 연구가 그동안 진전이 없었던 이유는 너무 작아 야외에서 관찰하는 것이 거의 불가능했기 때문입니다. 제가 최초로 실험실에서 민벌레 기르는 방법을 터득했고, 현미경으로도 민벌레를 관찰할 수 있게 되었습니다.

운이 좋았습니다. 파나마에 있는 스미소니언 열대 연구소에서 큰 연구비를 유치한 적이 있습니다. 그 당시 제가 마침 연구자 대표로 추대되어 그 연구비로 무엇을 살지 총괄하는 일을 했는데, 흑심을 발휘해서 좋은 현미경을 샀습니다. 무려 세 대를 사서 그중의 하나를 제가 독차지했습니다. "내가 봉사했으니까 좋은 현미경 하나 내가 쓰겠다, 반대하는 사람?" 하고 물었더니 다들 쓰라고 하더라고요. 독일제 자이스Zeiss 현미경이었는데 배율이 저배율과 고배율, 두 개뿐이어서 밀기만 하면 내가 원하는 배율로 물체가 눈에 딱 들어왔습니다. 페트리접시에 두고 저배율로 맞추면 페트리접시 전체가 보여요. 제가 원하는 곳에 초점을 맞추고 밀면 확대돼서 보이는 것이지요. 그 현미경 덕에 제가 민벌레의 세밀한 행동을 관찰할 수 있었는데, 이놈들이 뜻밖에 짝짓기를 엄청 하더라고요. 2밀리미터밖에 안 되는 곤충인데도 암수가 사는 모습에서 인간 사회가 보여서 재밌어요.

이렇게 조그만 곤충 세계에서도 마치 우리 인간 세계에서처럼 경험을 쌓아가는 모습을 연구할 때마다 참 경이로워요. 자연을 연구하면서 이런 기가 막힌 경이로움을 느낀다는 건 아주 행복한 일입니다. 학문을 하는 사람들 중에서 저 같은 희열을 느끼는 분이 얼마나 있을까요. 물론 탐구하면서 다들 좋으시겠지만 저만큼 재밌을까, 그런 생각을 가끔 합니다. 오지에 가서 온갖 힘든 일을 다 겪어내지만 그 순간순간마다 80억 인구 중에 아무도 본 적 없는, 살아 있는 현장을 제가 보는 거잖아요. 그 희열은 이루 말할 수 없습니다. 그 맛에 살았습니다.

저는 곤충 연구한 걸 추호도 후회하지 않아요. 인간으로서 들여다볼 수 있는 남의 세계 중에 곤충만큼 재미있는 세계는 없는 것 같아요. 그래서 정말 신나게 공부했고 지금도 끊임없이 공부하고 있습니다. 저는 제가 곤충을 연구하게 된 것을 너무너무 고맙게 생각합니다.

곤충 중에서도 개미 사회는 들여다보면 들여다볼수록 신기하거든요. 어떻게 척추도 없는 저 작은 곤충이 우리 인간이 이룩해놓은 문명사회와 거의 비슷한 수준의 사회를 구축하고 살까. 세상에 그런 것보다 더 재밌는 질문이 어디 있을까 싶어요. 우리랑 비슷한 네안데르탈인이 무슨 짓 하고 살았는지도 흥미롭지만, 저 발 여섯 개 달린, 그래서 기어다니는 놈들이 사회를 구성하고 국왕을 모시고 농사도 짓고 낙농업도 하고 전쟁도 하고, 사기 치는 놈도 있다는 게 얼마나 재밌어요. 그런 세계를 들여다보게 됐다는 게 제 삶에서 참 고마운 일들이었다고 생각합니다. 그리고 그들을 걱정해야 하는 시대에 살게 된 게 너무 안타깝습니다. 어느덧 곤충이 너무 많아 방제를 걱정하던 시절을 거쳐 이제는 모든 사람이, 다 그런 건 아니지만 저를 포함한 많은 곤충학자들이 곤충이 사라지는 걸 걱정해야 하는 시대에 살게 되었습니다. 어쩌다가 이런 상황까지 오게 됐을까, 하는 생각이 많이 듭니다.

캘리포니아의 데스 벨리, 지구상에서 제일 건조한 곳 중 하나거든요. 그런데 얼마 전 뉴스를 보니 거기에 홍수가 났더라고요. 거기 있는 식물들은 습기가 없는 곳에서 수천 년, 수만 년을 적응해서 지금까지 살고 있는 거잖아요. 그런데 갑자기 비가 쏟아지면 그들은 어찌해야 하나요. 그럼 엄청난 생태계 변화가 일어날 거 아니에요. 옛날 팝송에 '남가주에는 비가 오지 않는다It never rains in Southern California' 그랬는데, 요즘 비가 막 쏟아지잖아요. 이러니 식물 생태계는 이상기후 때문에 지금 엄청난 진통을 겪고 있는 거죠. 비가 한 번도 내리지 않던 곳에 홍수가 나질 않나, 비가 늘 내리던 곳에 몇 달씩 비가 한 방울도 안 떨어지질 않나, 이러니까 견뎌내지 못할 거예요.

이 어마어마한 일들을 우리가 6차 대멸종이라고 규정하고 있는데, 굉장히 특징적인 대멸종이에요. 지구가 이전에 다섯 번의 대멸종을 거쳤는데 5차가 6500만 년 전에 벌어진 것이거든요. 이젠 거의 정설이 됐지만. 거대한 운석이 카리브해에 떨어져서 엄청난 먼지를 일으켜 태양을 가리고, 그래서 기후변화가 일어나고 식물이 죽어나가고 초식공룡이 죽고 티렉스 같은 육식공룡이 따라 죽고, 이렇게 공룡을 싹쓸이해버렸던 그 어마어마한 대멸종 사건. 그게 5차인데 6차가 지금 벌어지고 있다는 거죠. 그런데 아주 특징적인 것은, 지난 다섯 번의 대멸종은 전부 천재지변으로 인해서 벌어진 거예요. 화산 폭발, 지진, 운석, 뭐 이런 천재지변으로 벌어진 건데, 지금 제6차 대멸종은 천재지변과 아무 상관이 없죠. 천재지변 관점에서 보면 지구는 상당히 오랫동안 평온하게, 어떻게 보면 태평성대를 누리고 있는데, 오로지 호모 사피엔스라는 종의 분탕질로 이런 일이 벌어지는 거죠. 역대 천재지변이 했던 일을 호모 사피엔스라는 한 종류의 동물이 지금 하고 있는 겁니다. 놀라운 건 끝나고 나면 그 규모가 역대 최대일 거라는 게 거의 모든 학자들의 공통된 의견이에요.

이게 왜 역대 최대 멸종이 될까. 지난 다섯 번의 멸종 사건들을 데이터로 보면 대개 동물들이 사라진 거였어요. 공룡이 사라졌다든가, 삼엽충이 사라졌다든가. 그런데 지구는 식물이 뒤덮고 있는 행성이잖아요. 우리는 우리가 나무를 베기 때문에 식물보다 막강한 존재라고 착각하지만 식물 전체의 무게와 동물 전체의 무게를 재보면 비교도 안 되거든요. 우리는 그냥 조족지혈이에요. 그러니까 식물이 꽉 잡은 행성에 동물들이 군데군데 까불고 있는 형국인 거죠. 완전히 식물로 뒤덮여 있는 데에서 큰 천재지변이 일어나도 식물계 전체가 무너지는 일은 없었어요. 그로 인해 군데군데 동물계가 타격을 받은 것이 대멸종 사건의 보편적인 현상인데, 지금은 식물계가 본격적으로 타격을 받고 있어요. 우리는 농사를 짓거나 생활공간을 마련하기 위해서 대규모로 식물들을 제거하고 있으니까요. 식물계가 사라진다는 것은 먹이사슬의 피라미드 구조에서 맨 밑바닥이 없어진다는 거잖아요. 그럼 어마어마한 붕괴가 일어날 수밖에 없는 거죠. 그래서 계산을 해보면 역대 최대 규모가 될 수밖에 없다는 게 대부분 학자들의 계산이에요.

이게 이미 현실로 드러나고 있는 것이 곤충입니다. 식물계 바로 위에 있는 가장 대표적인 계가 곤충계죠. 식물을 먹고 사는 그 곤충들을 또 그 위 작은 동물들, 새라든가 작은 설치류라든가 하는 것들이 먹고, 그 동물들을 또 위에 있는 동물이 먹고, 이런 게 지구의 육상 생태계의 기본적인 구도인데, 드디어 곤충이 사라지기 시작했습니다. 꿀벌이 사라지면 4년 안에 인류가 멸망한다는 말이 있습니다. 꿀벌이 사라지는 것처럼 한 종이 사라질 때 전체 생태계가 와해하는 현상이 벌어질지는, 지금 우리가 가진 자연에 대한 지식으로는 예측하지 못합니다. 그러나 그런 일이 벌어지지 않으리라고 장담할 수 있는 데이터도 우리한테는 없어요.

저 같은 생물학자에게 자연이 이룩한 가장 위대한 성공 사례가 뭐냐고 물으면 열 명 중 아홉은 이렇게 답할 겁니다. 꽃을 피우는 식물과 그들을 방문해서 꽃가루를 옮겨주고 그 대가로 꿀을 얻는 곤충의 관계라고요. 이게 왜 어마어마한 성공일까요? 꽃을 피우는 식물은 자연계에서 무게로 가장 성공한 존재이고, 곤충은 숫자로 가장 성공한 존재입니다. 이 둘은 만나기만 하면 서로 으르렁거리며 물고 뜯어서 성공한 게 아니고 서로 손잡고 함께 성공한 겁니다.

어쩌다보니 제가 참 주책맞게 많은 책을 쓰며 살았더군요. 우리말로 쓴 책만 놓고 봐도 1999년 『개미제국의 발견』을 시작으로 저서, 역서, 공저, 편저 등 줄잡아 100

권 이상을 썼더군요. 25년 동안 100권이면, 해마다 평균 네 권씩 쓴 셈이니 제가 생각해도 끔찍하네요. 그럼에도 이번 책은 참 특별합니다. 저는 집필 못지않게 강연도 참 많이 합니다. 한때 '국민 상사'라는 별명을 얻을 정도로 매년 강연 요청이 수천 건에 이릅니다. 그중에서 엄선하여 해마다 100회 이상 강연합니다. 이 책은 제 강연 녹취록을 바탕으로 만든 책입니다. 유튜브를 비롯한 인터넷 매체에서 제 강연 동영상을 찾아 함께 읽으셔도 좋을 듯합니다.

저는 1979년 미국에서 유학하며 곤충을 연구하기 시작했으나, 교수가 되어 학생들을 가르치며 그들의 다양한 욕구를 충족시키려 여러 다양한 동물들을 연구하게 되었습니다. 개미와 민벌레 등 곤충에서 시작하여 거미, 민물고기, 개구리를 거쳐 까치, 조랑말, 돌고래, 그리고 영장류까지 참으로 다양한 동물의 행동과 생태를 연구했습니다. 그리고 그 맨 끝에는 동물계에서 가장 흥미로운 호모 사피엔스가 있습니다.

저는 사회생물학자입니다. 사회를 구성하고 사는 동물의 생태와 진화를 연구하는 학자입니다. 아리스토텔레스가 지목한 대표적인 사회성 동물인 인간은 당연히 제 관심사요 연구 주제일 수밖에 없지요. 이 책은 그동안 제가 관찰한 호모 사피엔스의 기이한 행동에 관한 보고서입니다. 여러 동물의 삶을 들여다보다 보면 그 속에서 자연스레 인간의 모습이 보입니다. 호모 사피엔스도 전 생명의 진화사를 함께 걸어온 엄연한 동물이기 때문이지요. 읽으시며 스스로를 돌아보는 귀한 경험을 하시기 바랍니다. 그러곤 자신의 경험을 다른 사람과 공유하시기 바랍니다. 우리 인간은 그걸 특별히 잘하는 동물로 진화했습니다. 잘못도 지적해주시고 흉도 보십시오. 그래야 진정 인간스럽답니다.

2024년 1월

최재천

차례

1

생명,
그 아름다움에
대하여

생명은 한계성도 지니지만, 영속성을 지닙니다.
지금 지구에 존재하는 이 많은 생물은 전부
하나의 조상을 공유하고 있다는 거죠.

우리가 홀로 존재하는 게 아니라 나와 개미가,
나와 은행나무가 다 한 집안에서 왔다는 겁니다.

태초부터 인간을 태어나게 하기 위해
이 모든 생물이 존재했던 것은 절대 아니거든요.

강연 목록

솔제니친의 질문에 답하는 첫 수업
: 2020 다윈 읽어드립니다 EP.05 / 사피엔스 스튜디오

모든 것은 아주 우연한 일의 결과물
: 2014 통섭(지식통합)의 시대, 지식향연 / SBS Biz

찰스 다윈이 우리에게 가르쳐준 가장 큰 교훈
: 2015 생명, 그 아름다움에 대하여, 인문학 아고라, Beautiful Life / 플라톤 아카데미

오늘은 제 개인적인 얘기를 하려고 해요.

어떤 분들은 저런 얘기를 왜 하나, 불편해하실 수도 있지만, 제가 어떻게 다윈이란 사람을 알게 됐는지 그 과정을 한번 얘기해보고 싶어요.

이번 코로나19 사태를 겪으면서 갑자기 저를 찾는 분들이 많으셔서 어쩌다 제가 되게 바빠졌거든요. 감염내과 의사 선생님들의 얘기를 들으면 될 걸, 왜 제 얘기도 듣고 싶어 하시는지 생각해보니, 제 말은 사실 철저하게 진화적 사고에 의한 것이거든요. 어느덧 그런 설명이 설득력을 갖게 된 것 같아요.

저는 우리 사회가 다윈에 대해서 잘 모른다고 늘 생각해왔지만, 알게 모르게 우리나라에서 번역된 과학 책들 중에 자연에 대한 것들이 제법 많이 읽히고 있어요. 물론 수학이나 물리학 책들도 있지만, 조금 말랑말랑한 느낌이 들어서인지 그중에서도 생물 관련 책들이 상대적으로 많이 번역되고 많이 읽히는 것 같아요.

그런 책들의 설명이 거의 진화론에 기반하는 것이거든요. 대놓고 "이건 진화적으로……"라고 설명하지 않더라도 그 설명의 배경 이론이 진화적이란 거예요. 그래서 어느덧 우리 독자들이 상당히 진화적인 설명에 익숙해져 있는 게 아닌가, 그런 생각이 들어요. 익숙하다는 얘기는, 어떤 말을 들으면 "어디서 들어본 얘기 같은데?" 정도일 거예요. 이걸 조금 논리적으로 설명해드리면 훨씬 받아들이기 쉬운 분들이 생기지 않을까 싶습니다.

이번에 저 개인적으로도 상당히 많은 걸 느꼈는데요. 제가 기생충학으로 석사 학위를 받기는 했습니다만 바이러스 전문가도 아니고 감염병 질환을 연구하시는 분들만큼 전문성이 있는 것도 아닌데, 전반적인 상황들이 제 나름대로 좀 보여요. 이 상황이 왜 이런 식으로 벌어지고 있고, 어떻게 하면 훨씬 더 효율적으로 대처할 수 있을지 신기할 정도로 제 눈에 보여서 스스로 그 이유를 생각해보니, 진화적인 관점에서 문제를 보기 때문이라는 결론에 도달했어요. 비유적인 표현을 쓴다면, 다윈의 렌즈를 끼고 문제를 보면 보이지 않던 부분들이 가지런하게 흘러가는 그 흐름을 볼 수 있어요.

그래서 혹시 아직도 다윈을 접하지 않은 분이 계시다면, 제 얘기를 통해 이 상황이 그렇게까지 어려운 문제가 아니라는 것을 이해하시면서 훨씬 쉽게 접근하실 수 있지 않을까, 생각해봤습니다.

저는 한때 문학청년이었어요. 용기가 없어서 한 번도 신춘문예에 응모해본 적은 없지만, 지금도 찬바람이 불기 시작하면 신춘문예에 뭘 보내야 하는 것 아닐까, 생각하며 약간 싱숭생숭해요. 그 정도로 상당히 글쟁이가 되고 싶던 사람이었는데요.

저희 어머니는 제가 어릴 때부터 외판원들을 통해 가끔 전집들을 사주셨어요. 고등학교에 들어가면서는 '노오벨상문학전집'이라는 걸 사주셨는데, 그중 『수용소군도』 『이반 데니소비치의 하루』 등 솔제니친의 소설, 희곡이 있었어요. 그 분량이 적어서인지 뒤쪽에 솔제니친의 수필이 여러 편 번역되어 함께 실렸어요.

그 가운데 「모닥불과 개미」라는 짤막한 반 페이지짜리 수필이 있었어요. 러시아의 추운 겨울에 피워놓은 모닥불이 조금씩 스러지자 솔제니친이 거기에 장작 한 개비를 넣습니다. 그 안에 개미집이 있는 줄 모르고 넣었다고 해요. 그렇게 장작이 불에 타기 시작하자 개미들이 탈출을 시작하는 거죠. 그런데 글의 마지막 부분을 보면, 가까스로 목숨을 구한 개미들이 무슨 이유에서인지 다시 돌아서더니 불 속으로 달려들어간다는 거예요.

"가까스로 그 엄청난 공포에서 벗어난 개미들은 방향을 바꾸더니 다시 통나무 둘레를 빙글빙글 맴돌기 시작했다. 무엇이 그들로 하여금 자기 집으로 돌아가게 만드는 것일까. 많은 개미들이 활활 타오르는 통나무 위로 기어 올라갔다. 그러고는 통나무를 붙잡고 바둥거리면서 그대로 거기서 죽어가는 것이었다."

글은 그렇게 끝이 나요.

"저들은 왜 저럴까?"

어려서 조금이라도 개미를 들여다보신 분들은 그게 뭔지 다 아시잖아요. 개미의 희생정신. 자기는 불구덩이에서 탈출했지만, 애벌레와 알들을 끌고 나오기 위해 다시 뛰어든다는 거죠. 솔제니친의 질문은 '개미는 왜 자기 목숨을 버려가면서까지 희생적으로 사는지 궁금하다'였던 거지요. 고등학교 1학년이었던 저도 그때는 '신기하네' 하고 말았어요.

그리고 세월이 한참 흘러서 대학을 다니고 있을 때였어요. 저는 원하던 학과에 가지 못해서 대학 생활을 상당히 지질하게 하고 있었는데, 어떻게 반전이 일어나 유학을 가기로 결심했어요. 하지만 저는 학점 관리를 전혀 안 하던 놈이었어요. 유학 갈 준비가 전혀 안 된 상태로 4학년을 맞고 그해 내내 뒤늦게 학점 관리를 하느라 힘들었어요. 학점을 올려야 미국에 갈 수 있으니까요.

저희가 동숭동 문리대에 있다가 관악산 캠퍼스로 이사 간 세대거든요. 지금 같으면 말도 안 되는 일이 그때는 흔하게 일어났어요. 지금은 내가 수강한 과목이 없어져서 재수강할 수 없으면 항의 한마디만 해도 대체과목이라는 걸 만들어주잖아요. 그때는 대학에서 왜 그런 배려를 안 해주었는지, 관악산 캠퍼스로 이사가면서 학과 이름이 바뀌기도 하고, 과목이 엄청 많이 달라졌어요. 저는 D를 줄줄이 받아놨는데 재수강을 못 하니까 할 수 없이 4학년 때 들을 수 있는 최대한으로 수업을 들어서 성적을 올려 겨우 3.0을 넘기고 간신히 유학길에 올랐어요.

저는 미국 유학을 갈 때 '동물의 왕국'을 하러 가겠다고 마음먹은 사람이거든요. TV에서 하는 〈동물의 왕국〉이 재밌어서 아프리카에 가서 기린 쫓아다니고 얼룩말 쫓아다니는 걸 하고 싶었어요. 그래서 자기소개서에도 "동물의 왕국을 하고 싶습니다"라고 썼어요.

펜실베이니아 주립대학교에 도착했는데, 교수님들이 저를 놀려먹기 시작하더라고요.

"너 학교 잘못 왔어. 우리 '동물의 왕국' 안 하거든. 우리 생태학 해."

생태학, 진화생물학, 이런 것에 대해 아직 잘 모르던 시절에 내가 열심히 보던 〈동물의 왕국〉을 교수님들은 다 알고 가르쳐주실 줄 알았는데, 그런 건 없대요. 어떡하나 싶어서 그걸 하는 대학을 찾아가야겠다고 마음먹고 있던 차에, 수강편람을 보게 됐어요. 학교가 크니까 수강편람이 두툼하게 나오거든요. 생물학과 것만 보는 게 아니라 축산학과 같은 동물 관련된 학과는 다 뒤져봤어요. 아니나 다를까, 축산학과의 H. B. 그레이브스Graves 교수님의 '사회생물학Sociobiology'이라는 수업이 있더라고요. 만일 제 마음대로 학과를 선택해서 갈 수 있었다면 아마 사회학과를 가지 않았을까 싶을 정도로, 저는 어려서부터 인간 사회에 대한 관심이 많았어요. 그런데 '사회생물학'이라고 하면 사회학과 생물학을 붙여놓은 것 같잖아요. '이런 과목이 다 있네' 하고 덥석 신청해서 들어갔어요.

첫 수업 시간에 카우보이 신발에 카우보이 모자를 쓴

교수님이 들어오셔서 칠판에 "사회생물학이란?"이라고 쓰시고 정의를 내리시는데 "왜 일개미들이 자기를 희생하면서까지 사회를 위해서 이타적인 행동을 하는지를 이론적으로 파헤치고 공부하는 학문이라고 해도 과언이 아니다"라고 말씀하시는 거예요. '솔제니친 선생님도 그게 궁금하다고 그러셨는데? 솔제니친 선생님의 질문에 답하는 수업이네. 이거 재밌겠다' 하고 듣게 된 이 수업으로 인해 저는 별로 어렵지 않게 제 인생의 길을 결정했어요.

수업의 교과서는 하버드대학교 에드워드 윌슨 교수님의 『사회생물학』이라는 백과사전처럼 두툼한 책이었고, 부교재는 리처드 도킨스의 『이기적 유전자The Selfish Gene』였어요. 『이기적 유전자』가 우리말로 번역된 책은 제법 두툼하지만, 영어 책은 얇거든요. 그걸 꼭 읽으라고 하셔서 샀어요.

유튜브에서도 고백했지만, 제가 책 읽는 속도가 장난 아니게 느립니다. 저는 책을 거의 소리 내서 읽어야 해요. 눈으로 읽는 법이 있다는데, 못 배웠어요, 저는. 그래서 꼭 소리 내서 읽어야 하고, 대화가 많은 희곡 같은 작품은 더 힘듭니다. 그 대사를 제가 다 해야 되거든요.

그 느린 사람이 『이기적 유전자』는 점심 전에 학교에서 사서 점심 먹으며 보기 시작한 것이, 저녁 안 먹고 계속 읽어서 새벽녘 동이 틀 무렵에 다 읽었어요. 미국에 온 지 그렇게 오래되지도 않았기 때문에 영어가 쉬운 것도 아니었는데, 한없이 빨려들어서 몰입하니까 영어도 더 잘 읽히는지 밤새 읽고 새벽 먼동이 틀 때쯤 덮었어요. 그러고는 창문을 열고 베란다로 나갔는데, 그날 참 이상하게도 안개가 굉장히 자욱하게 껴 있더라고요.

제가 어려서부터 사회학을 하고 싶었던 이유가, 우리 사회에서 벌어지는 여러 가지 일들이 늘 궁금했기 때문이거든요. '왜 사람들은 저런 짓을 하고 살지? 이렇게 하면 참 좋을 텐데' '왜 세상에는 남을 힘들게 하는 사람들이 있지?' 이런 것들이 너무 궁금했는데, 그 책을 읽는 동안 그런 것에 대한 해답이 신기할 정도로 가지런히 정리가 되는 느낌을 받았어요. 말로 표현할 수 없는 어마어마한 흥분과 희열……. 책 읽으면서 그런 경험을 해본 적이 거의 없어요. 그런데 그 책을 읽으며 받은 감동이 이루 말할 수 없이 컸습니다.

베란다에서 내려다보면서 제 머릿속에서 그런 것들이 정리되는 그때, 안개가 서서히 걷히면서 집이며 사람들이 다 보이기 시작하는 거예요. 마치 세상을 바라보는 눈이 생긴 것처럼. 그렇게 그 책은 제게 인생의 궁금증을 풀어준 것이어서, 언젠가 출판사에서 추천사를 부탁했을 때 이렇게 써서 드렸어요.

'한 권의 책 때문에 인생관이 하루아침에 뒤바뀌는 경험을 한 적이 있는가? 내게는 『이기적 유전자』가 바로 그런 책이다.'

실제로 그랬어요. 세상이 완전히 달라 보이기 시작한 거죠.

그런데 이 책은 사실 리처드 도킨스가 처음부터 끝까지 이론적인 토대를 다 쌓은 것은 아니고요. 다윈 이래 가장 위대한 생물학자였다는 칭송을 받는 윌리엄 해밀턴William Hamilton 교수님, 그분의 이론을 쉬운 말로 표현한 거예요.

1964년, 윌리엄 해밀턴 교수님이 학술지에 논문 두 편을 발표하셨는데, 합하면 무려 52페이지입니다. 상당히 긴 논문을 쓰신 거죠. 그런데 거의 매 페이지마다 수학 공식이 나와요.

우리나라도 그렇지만 미국도 수학을 잘 못하는 친구들이 대개 공대 안 가고, 물리학과 못 가고, 화학과 못 가서 생물학과로 오거든요. 생물은 수학이 없어도 될 것 같다고 판단하는 거죠. 생물도 수학을 잘하면 절대적으로 유리합니다. 그러나 수학을 못해도 생물학을 할 수는 있죠. 물리학은 수학 못하면 참 하기 힘들다고 해요. 생물학은 그래도 가능합니다. 그런데 시대를 완전히 바꿨다는, 1964년에 발표된 윌리엄 해밀턴의 논문은 거의 다 수학이에요. 그러다보니 실제로 그 논문을 읽은 사람이 많지 않아요. 저는 사실 몰랐어요.

미국의 대학에서는 '브라운 백 런치brown bag lunch'라는 걸 하는 곳이 많아요. 누런 종이봉투에 싸온 샌드위치를 먹으면서 발표도 하고 질문도 하는 건데, 어느 날 브라운 백 런치에서 개체군 유전학을 담당하시는 교수님이 해밀턴 논문을 다 같이 읽어보자는 제안을 하셨어요. 그래서 저는 열심히 읽었어요. 쉽지 않더라고요. 그래도 억지로 다 읽었어요.

토론을 하는데, 그날은 이상하게 평소 존경해 마지않는 제 동료 대학원생들의 얘기가 영 핀트가 안 맞아요. 당시 저는 제 주변의 다른 친구들을 보면서 어떻게 저렇게 머리가 좋은지 부러워하고 있었거든요. '이상하다. 얘들이 오늘 뭘 잘못 먹었나?' 한참 지나고 나서 알아차렸어요. 그 논문을 못 읽은 거예요. 그걸 읽을 만한 수학 실력이 안 되는 거예요. 미국은 고등학교에서 우리처럼 수학을 지독하게 하지 않기 때문에 대체로 우리보다 수학 실력이 낮거든요. 그중에서도 생태학이나 진화생물학 같은 걸 하는 친구들은 수학을 피해서 온 경우가 많기 때문에 그 논문을 읽을 엄두를 못 내는 거예요. 그래서 그 논문을 인용한 논문들을 읽고 "그 논문에서 이렇게 얘기하더라" 이러면서 마치 읽은 것처럼 살을 보태서 얘기하는 거죠.

진짜로 읽은 저는 '해밀턴 교수님이 저렇게 얘기하지 않으셨는데, 저 친구는 왜 저렇게 말하지? 이상하다, 이상하다' 이러고 있었지요. 영어가 잘 안 돼서 대화에 끼어들지 못하던 시절이었거든요. 너무 답답해서 끙끙 앓다가, 어떻게 말을 해야 할지 입안에서 문장을 연습하고 난 다음에 토론이 끝날 즈음에 손을 들었더니 그 교수님이 "제이, 무슨 할 말 있어?" 하시더라고요. 그래서 제가 더듬더듬 말했어요.

"다들 하는 얘기가 논문에 나온 얘기랑 잘 안 맞는 것 같습니다."

이 말은 그야말로 폭탄선언이었어요. 다들 안 읽어왔다는 것을 그 교수님은 알고 계셨어요. 느낌이 온 거죠. 그래서 이걸 어떻게 끌어가야 하나 고민하고 있었는데, 유일한 동양인 학생이 읽었다고 하니 "진짜 읽었냐? 다 이해했냐?"라고 물어보시더라고요. "다 이해했다고는 할 수 없지만, 따라갔습니다" 했더니 시계를 보시고는 "오늘은 이만 끝내야 할 것 같고, 다음 시간에 혹시 네가 이 논문에 대해 설명해줄 수 있겠니?"라고 하셔서 얼떨결에 수락했어요. 영어를 잘 못해서 어떡하나 싶어 연습도 했는데, 하여간 칠판에 수학 공식 쓰면서 하면 될 것 같더라고요. 장황하게 설명하는 게 아니라 "From this, this comes out. Understand?" 이렇게 하면 되는 거 아니겠어요? 이런 식으로 하면 영어가 좀 모자라도 충분히 할 수 있을 것 같아서 일주일 동안 열심히 준비했어요.

그런데 이게 소문이 났는지 학생들이 많이 왔어요. 자기네가 못 읽는 걸 한국에서 온 친구가 읽는다고 하니 다 모여든 거죠. 말도 안 되지만, 제가 이미 수학의 귀재라고 소문이 났었거든요. GRE 수학을 제가 만점을 받았는데, 그거 만점 받는 사람이 대한민국에선 수두룩해요. GRE 수학이 고등학교 수준밖에 안 되거든요. 그런데 제가 펜실베이니아에 도착하니까 "GRE 수학을 만점 받은 놈이다" 하고 이미 소문이 났더라고요. 수학을 못해서 대학을 두 번이나 떨어진 놈이 미국에 갔더니 수학의 귀재가 돼 있더라고요.

그 수학의 귀재가 해밀턴 논문을 설명해준다니까, 그

작은 세미나실이 꽉 차서 벽에까지 학생들이 붙어 서 있는 거예요. 난리가 난 거죠. 제가 하여간 설명했어요. 그 교수님과 제가 주거니 받거니 하면서 끝낸 거죠. 그러자 학교 안에 소문이 더 크게 퍼졌어요.

“그 수학의 귀재가 해밀턴 논문을 빠삭하게 설명해준다.”

며칠 후에 인류학과에서 연락이 왔어요. 인류학과에는 오지의 민족을 연구하거나, 아니면 그때 이미 영장류를 연구하는 교수들이 있었어요. 이분들이 다 해밀턴 논문을 읽어야 하는 분야에 있는 거죠. 그런데 소문을 들으니, 한국에서 온 생태학부의 어떤 놈이 해밀턴 논문을 강독해준다는 거예요. 제가 미국에 도착한 지 1년도 채 안 된 시절이었는데, 떠듬떠듬하며 인류학과 교수들과 대학원생들이 다 모인 자리에서 영어로 해밀턴 논문을 강의했습니다.

그때부터 제 미국 인생이 너무나 아름답고 쉽게 풀리더라고요. 저는 이제 뭘 해도 잘 못하는 게 없는 사람이 된 거예요. 제가 무엇인가 조금 안 된다고 하면 “영어가

익숙하지 않아서 그렇지, 모를 리가 없다"라는 식이었어요. 제가 조금 미진해도 교수님들이 먼저 무슨 일 있냐고 물어봐주시고, 다음부터 잘하라고 많이 봐주시고, 성적도 잘 주셨어요. 참 신기하더라고요.

그러다가 제가 언감생심 『사회생물학』을 쓰신 하버드대학교의 에드워드 윌슨 교수님을 찾아가게 된 겁니다. 가서 "선생님 밑에서 공부하고 싶습니다"라고 말씀드렸더니 받아주셔서, 한국의 제 성적으로는 다음 생에나 한번 꿈꿔볼까 말까 할 대학에 덜커덕 입학 허가를 받고, 윌슨 교수님의 제자가 되어 하버드에서의 삶을 시작했습니다. 생각해보면 참 말도 안 되는 일인데, 그게 현실이 됐어요.

사실 저는 하버드대학교를 가고 싶지 않았거든요. 같이 지원한 대학 중에 미시간대학교를 가고 싶었습니다. 미시간대학교에 해밀턴 교수님이 계셨거든요.

1982년 겨울에 해밀턴 교수님을 뵈러 갔어요. 선생님 집에 묵어도 좋다고 하셔서, 다윈 이래 가장 위대한 생물학자의 집에서 5일이나 묵으며 낮에는 학교에서 다른 교수와 대학원생들을 만나고, 저녁에는 사모님이 해주시는 밥을 먹고, 저녁 내내 해밀턴 교수님과 토론하는 거죠. 이게 꿈인가, 생신가 싶었어요.

해밀턴 교수님은 실제로는 수줍음이 너무너무 많은 분이세요. 당신 집 거실 소파에 앉아서 얘기를 하는데, 선생님은 항상 소파 저쪽 끝에 앉으세요. 앉아서 저를 보지도 못하세요. 가만히 손을 모으고 거실의 천장 구석만 보고 계시는 거예요. 그 상태로 저한테 이야기를 하세요. 반대로 저는 그분 집인데도 소파에 편하게 앉아서 얘기를 하는 거예요.

유명한 일화가 하나 있어요. 그분이 주로 칠판에 수학 공식을 쓰면서 사회행동의 진화를 설명하시는데, 공식을 쓰다가 칠판의 끝까지 가신 거예요. 칠판 중에 바퀴가 달려서 밀고 다니는 거 있죠? 그게 뒤판도 칠판이거든요. 그래서 칠판을 돌리면 되는 걸 선생님은 당신이 뒤로 가셔서 거기에 공식을 쓰면서 계속 강의를 하셨어요. 다른 사람들은 칠판의 앞쪽을 향해 앉아 있는데, 혼자 뒤쪽에서 강의를 하시는 거예요. 그런 분이세요. 사회생활은 어딘가 어색한 분이었어요.

하루는 학과 세미나를 하는 날이었어요. 프린스턴대학의 교수님이 세미나를 한다고 하시면서 제게 같이 가겠느냐고 물어보시더라고요. 함께 가겠다고 말씀드렸더니, 그날이 선생님이 점심을 준비하는 당번 날이라고, 베이글에 크림치즈를 발라서 준비할 건데 먹겠냐고 하셔서 먹겠다고 대답했어요. 그리고 저는 다른 분들을 만나고 12시 15분 전에 돌아왔어요. 선생님이 베이글 위에 크림치즈를 바르고 계시더라고요. 먼저 바른 것은 테이블 위에 놓으시고 다른 베이글을 꺼내 바르시는데, 이미 바른 것들을 계속 미시는 거예요. '저러다 저거 떨어지겠는데?' 생각하던 차에 하나가 뚝 떨어졌어요. 크림치즈 쪽이 바닥으로 떨어졌죠. 미국 사람들 방 안 치우거든요. 신발 신고 밖에 나갔다가 그대로 신고 들어와요. 그런데 선생님이 그걸 아무렇지 않게 집고는 바지에 슥 털어서 그냥 올려놓으시는 거예요. 그러고 또 바르시면서 계속 밀고. 이 위대한 생물학자에게 "선생님, 그렇게 하시면 떨어지는데요"라고 얘기를 해야 하나, 말아야 하나 고민 많이 했습니다. 그런 와중에 다 바른 것들을 갈색 봉투에 넣다가 봉투가 모자라니까 제게 봉투 몇 개 집어오라고 하셔서 가져왔어요. 그런데 그사이에 벌써 여러 개를 넣으신 거예요. 아까 떨어진 게 어느 봉투에 들어갔는지 모르죠. 그러고는 그걸 안고 세미나실에 가서 한 사람씩 나눠주는 거예요. 저에게도 하나 주셨어요. 불이 꺼진 세미나실에서 이게 아까 떨어진 그 베이글 아닐까 고민 무지하게 했습니다. 하여간 그런 분이세요.

선생님은 어떻게 해서 일개미들이 희생정신을 발휘하게 됐는지에 대한 결정적 이론, 이른바 포괄적합도 이론inclusive fitness theory을 만들어내신 분이에요. 저도 그걸 연구하고 싶어서 선생님의 제자가 되겠다고 찾아간 거라 저녁때마다 그것에 대해 집요하게 계속 물었어요.

그러면 선생님은 언제나 코너를 보시면서 "내 생각에 그건 이런 것 같고…… 그런데 너는……" 이렇게 말씀하셨어요. 제 석사 학위논문에 대한 질문을 많이 하시는 거예요. 왜 그러시나 싶었는데, 집에 돌아와서 알았어요. 두 달 전에 이미 기생충에 관한 논문을 한 편 내셨어요. 저는 모르고 찾아뵌 거예요. 『사이언스Science』에 낸 선생님의 그 논문 덕분에 기생충학이 르네상스를 맞게 됩니다. 기생생물이 어떻게 생겨났고 진화했는지에 대해 그때까지는 아무도 생각하지 못했던, 전혀 새로운 이론을 내세우신 거예요.

다윈의 성선택 이론은 수컷이 암컷보다 아름다운 이유를 설명해줍니다. 선택권이 암컷에게 있기 때문에 수컷은 선택을 받기 위해 노래도 더 열심히 해야 하고 춤도 더 잘 춰야 하고 더 예뻐야 하는 거죠.

그것을 설명하는 방법이 마땅치 않았는데 그해 나온 해밀턴 교수님의 논문에 의하면, 굉장히 화려한 색을 띠는 아름다운 수컷은 사실 훨씬 더 많은 기생충을 가지고 있더라는 거예요. 피에 들어 있는 기생생물을 조사한 것을 바탕으로 논리를 세웠는데, "누구나 기생충은 다 갖고 사는 거야. 그런데 나는 기생충을 갖고도 색깔이 이렇게 대단하고, 노래도 잘 불러. 내 유전자가 얼마나 좋으면 내가 이럴 수 있을까?"라는 거죠. 그걸 광고하는 거란 말이에요. 유전적 탁월함을 보여주는 그런 과정이라는 거죠.

이 이론이 나중에는 섹스라는 것이 왜 생겼는지까지 설명하는 이론으로 확장이 됩니다. 그다음엔 성선택 이론에서 암수의 차이가 벌어진 이유를 또 설명하려고 하셨죠. 선생님은 그렇게 새로운 주제로 움직여가시는데, 저는 선생님의 옛날 관심사를 계속 붙들고 늘어진 거죠.

결국 저는 미시간대학교에 못 가게 됐어요.

마지막 날, 얼굴 좀 보고 가라고 하셔서 펜실베이니아로 돌아가기 전에 선생님 방에 들렀어요. 앉으라고 하시고는 한참 뜸을 들이시더니, "내가 어쩌면 영국으로 돌아갈지도 모르겠다"라는 청천벽력 같은 말씀을 하시는 거예요. 영국왕립학회Royal Society에서 심사를 받고 있는데 그곳의 멤버가 되면 옥스퍼드에 자리가 마련될 것 같다는 얘기였어요. 그러고는 제게 "네가 원하면 옥스퍼드로 데려갈 수도 있다"라고 하시더라고요. 가게 되면 저는 제 아내와 같이 가야 했는데, 나중에 알아보니까 영국에서는 한 사람의 장학금으로 부부가 사는 건 꿈도 못 꾼대요. 그때는 그것까지는 몰랐지만 제가 이렇게 여쭸어요.

"확률이 어느 정도 됩니까?"

그랬더니 "글쎄, 51퍼센트?" 이렇게 얘기하시더라고요. 저는 다른 사람들이 51퍼센트라고 했으면 49퍼센트로 들었을 텐데, 해밀턴 교수님의 51퍼센트는 99퍼센트로 받아들였어요. 그래서 저는 미시간대학으로 못 가고, 이미 허락을 받아놓은 윌슨 교수님의 제자가 되어 하버드에서 공부를 마쳤습니다.

하버드대에서 공부를 마치면서 저는 큰 대학에서 부대끼는 것보다 윌리엄스칼리지, 앰허스트칼리지처럼 굉장히 똑똑한 학생들이 모여드는 작은 학부대학liberal arts college에 가서 아이들을 가르치면서 재미있게 살아볼까 생각했어요. 그래서 주로 그런 곳에 지원서를 넣었는데, 가는 곳마다 2등만 하고 되는 곳이 한 군데도 없더라고요.

그렇게 상당히 의기소침해질 무렵, 덜커덕 어마어마하게 큰 대학인 미시간대학에 붙었어요. 미시간대학에는 해밀턴 교수님이 떠났어도 사회생물학 분야에서 아주 손꼽히는 대가가 있었거든요. 리처드 알렉산더Richard Alexander라는 분인데, 제가 해밀턴 교수님의 제자가 되려고 했던 그 내막을 다 알고 계셨어요. 제가 그곳 생물학과에서 첫 세미나를 할 때 그분이 저를 "사다리를 제대로 밟고 올라온 친구야. 하버드에서 공부하고 드디어 최고의 대학인 미시간대학에 왔다" 이렇게 소개하시더라고요. 미시간대학교의 자존심이 그 정도입니다. 이 분야에서는 우리가 더 막강하다, 이런 거죠.

미시간대학교에서 가르치다가 1994년에 한국에 돌아와서, 안식년을 맞으면 해밀턴 교수님께 가려고 기다리고 있었는데, 2000년 3월에 하버드대학교의 나오미 피어스Naomi Pierce 교수에게 전화가 왔어요. 너한테는 빨리 알려줘야 할 것 같아서 전화한다고 그러더니, 해밀턴 교수님이 돌아가셨다는 거예요. 저한테는 이루 말할 수 없는 충격이었어요. 제가 비록 지도교수님으로는 모시지 못했지만, 어떻게든 연구년을 그분과 보내며 가르침을 받고 싶었는데…….

에이즈 백신을 연구하는 과정에서 '에이즈가 침팬지로부터 건너왔다'라는 가설을 세우시고, 그걸 입증하기 위해 아프리카에서 침팬지 분변을 채집하고 다니시다가 급성 말라리아에 걸려 영국으로 후송된 지 불과 며칠 만에 허무하게 세상을 떠나신 거예요. 어떻게 보면 저희 분야를 만들어놓고 당신은 훌쩍 떠나신 거죠. 그때 그 전화를 받고 연구실 창밖을 내다보면서 하염없이 울었던 기억이 지금도 아주 생생합니다.

해밀턴 교수님이 미시간대학으로 가기 전에 하버드대학에 있었어요. 사실은 영국에서 학위논문을 냈는데 알아주는 사람이 없었어요. 마찬가지로 너무 읽기 힘든 논문이라 많은 사람들이 이해를 못 하던 중에, 윌슨 교수님이 그 가치를 발견하고 대학에 얘기해 정식 교수는 아니지만 하버드로 모셔서 같이 지내신 게 아닌가 싶어요. 그러니까, 어떻게 보면 다 연결되어 있는 분들이잖아요.

제가 우리나라 꼬마들에게는 개미 박사로 알려져 있지만, 사실은 개미가 아니라 '민벌레'라는 걸 연구했어요.

대한민국의 대학은 전공하는 교수님이 계시면 그분이 퇴임하시기 전까지 절대로 같은 전공 교수를 못 뽑거든요. 안 뽑는 게 아니라 재정상 뽑을 수가 없는데, 하버드는 다릅니다. 윌슨 교수님이 "독일에 개미 연구하는 유명한 양반이 있는데, 그 양반을 모셔와서 같이 연구하면 참 좋을 것 같다"라고 해서 대학에서 돈을 마련해 그분을 교수로 모셔왔어요. 그분이 베르트 횔도블러Bert Hölldobler라는 분이에요. 윌슨 교수님이 개미학계의 1인자라면 이분은 개미학계의 2인자인 거예요. 두 분이 같은 층에서 연구실을 마주 보고 지냈어요.

거기서 20~30명 정도 되는 대학원생, 박사후연구원들이 눈뜨고 있는 시간 내내 개미만 봅니다. 점심 먹으면서도 개미 얘기하고요, 아마 밤에 자면서도 개미 잠꼬대할 겁니다. 그런데 거기 동양놈이 나타나서 윌슨 교수님께 기껏 한다는 얘기가 이거였어요.

"저는 개미를 연구하지 않겠습니다."

"왜? 개미나 벌이 어떻게 사회성 곤충이 됐는지는 해밀턴 교수님의 이론을 통해 우리가 이미 많은 걸 알게 되지 않았느냐."

사실 흰개미는 흰색을 띠는 개미가 아니라 전혀 다른 곤충입니다. 메뚜기나 바퀴벌레에 가까운 곤충이에요. 그런데 개미 못지않게 굉장히 복잡한 사회를 구성하고 살아요. 개미는 이론이 있는데, 흰개미는 이론조차 없었어요. 그래서 저는 흰개미의 사회성 진화를 연구하고 싶었던 거죠.

그런데 지금은 흰개미들이 전부 사회성 진화를 해버렸기 때문에 들여다봐도 결과만 보는 것이어서 어떤 과정을 거쳤을지 유추하는 수밖에 없으니, 흰개미와 사촌격인 곤충을 보면 그 중간 과정을 들여다볼 수 있을 것 같았어요. 그게 '민벌레Zoraptera'라는 곤충이었어요.

신기하게도 윌슨 교수님이 앨라배마대학교 학생 시절에 쓴 한 페이지 반짜리 생애 최초의 논문이 앨라배마주에서 발견한 민벌레에 관한 논문이에요. 그래서 민벌레에 대해서는 익히 잘 알고 계신 분인데, 제가 그걸 연구하겠다고 하니까 그걸 왜 하냐고 하시는 거예요. 그럼에도 제가 1년을 넘게 굳세게 우겨서 윌슨 교수님의 허락을 받아냈어요.

윌슨 교수님의 허락을 얻어낸 순간, 제가 세계 1인자가 됐습니다. 워낙 희귀한 곤충이고 연구하는 사람이 없어서, 그 곤충을 연구하겠다고 선언하는 순간 세계 1인자가 된 겁니다. 그걸로 결국은 학위논문을 썼는데요. 2018년 미국에서 새로운 곤충학 교과서가 만들어진다고 편집장들에게 연락이 왔어요. "민벌레목에 대해서 네가 써줬으면 좋겠다." 제가 사실 한국에 와서는 열대에 가기 너무 힘들어서 그 연구를 접었어요. 접은 지 십몇 년이 돼서 "제안은 고맙지만, 내가 이 연구를 안 한 지 10년이 넘었다. 그러니 다른 사람이 하는 게 좋겠다" 이렇게 답장을 했어요. 그런데 2주 후에 또 연락이 와서 "그래도 네가 써주면 좋겠다. 우리 생각에는 아직도 네가 1인자다" 그러더라고요. 그래서 할 수 없이 일본 학자며 독일 학자들이 쓴 것까지 합쳐 십몇 년 동안 나온 논문들을 다시 읽어가며 그 챕터를 썼어요. 1인자가 되기도 쉽고, 1인자 자리를 유지하는 것도 쉽다는 생각이 들어요.

이걸 가볍게 얘기하지만, 만약 젊은 학생들이 이걸 보게 된다면 한 번쯤 생각해보세요. 남들이 다 하는 것을 하면 죽기 전에 1인자가 되기 힘들어요. 그런데 남들이 안 하는 것을 하면 1인자가 돼요. 그러니까 너무 세상이 원하는 것을 하려고만 하지 말고 내가 좋아하는 것을 하는 게 저는 굉장히 중요하다고 생각해요.

그럼에도 불구하고 개미 연구하는 사람들 옆에 주구장창 있으면서 하루 종일 개미 이야기 듣고 개미 들여다보다가, 어느 순간 저도 개미에 빠졌어요.

코스타리카에 몬테베르데Monteverde라는 참 아름다운 고산지대가 있어요. 산 중턱까지는 다 개발돼서 사람이 못 올라가는 산꼭대기에만 나무들이 머리털만큼 남은 곳인데, 거기에 민벌레 연구를 하러 갔다가 '아즈텍개미'를 우연치 않게 발견했어요.

이 개미들은 트럼핏나무Cecropia에 삽니다. 이 나무는 대나무처럼 마디가 있고 속이 비어 있어요. 그 이유를 식물학자들이 연구했더니, 개미에게 집을 제공하기 위함이었다는 거예요. 물론 식물이 생각을 해서 개미를 세입자로 들여보겠다고 기획한 것은 아니지만, 개미들 덕택에 속이 빈 트럼펫나무가 속을 꽉 채우고 진화하던 트럼펫나무들보다 훨씬 번식을 잘해 그렇게 진화한 거죠. 개미들이 들어와서 그 안에 집을 짓고 나면 그 나무를 공격하는 모든 곤충, 모든 초식동물을 물리쳐주거든요. 그러니까 해충 피해 없이 잘 자라는 것이지요. 그걸 연구하는 사람들이 제법 있었어요. 그때 저도 이것들이 도대체 그 안에서 무슨 짓을 하고 사나, 궁금해서 그 나무를 쪼개봤어요. 그러다가 정말 말도 안 되는 것을 발견해요.

개미 나라가 주로 지하에서 만들어져서 우리가 들여다보지 못해 그렇지, 개미들은 나라를 건설할 때 여왕개미들끼리 자주 동맹을 맺습니다. 여왕 혼자서 키우면 일개미 몇 마리밖에 못 키우는데, 대여섯 마리가 함께 키우면 일개미 20~30마리를 한꺼번에 키워낼 수 있거든요. 일개미들이 대개 20마리 정도는 돼야 문을 뜯고 나가요. 대여섯 마리 키워놓으면 서로 눈치만 보고 밖에 안 나가요. 그래서 살아남기 위해 여왕개미들이 동맹을 많이 맺어요. 이건 우리가 20~30종에 걸쳐서 제법 연구를 했어요.

그런데 아즈텍개미는 종이 달라도 여왕개미들이 한 살림 차리는 것을 제가 발견했어요. 여왕개미가 하나는 빨갛고 하나는 까매서 '이게 뭐야?' 하고 들여다보다가 알아차린 것이거든요. 이를테면 이런 거예요. 조조가 손권과 손잡고 유비에게 쳐들어가는 상황이 아니에요. 손권이나 조조나 유비는 전부 호모 사피엔스잖아요. 제가 발견한 것은 조조가 오랑우탄과 손잡고 군대를 키워서 유비를 공격하는, 그런 형국이에요. 그런 예는 제 이전에도, 또 제 이후에도 발견된 적이 없습니다. 자연계에서 유일한 발견인 거죠. 그걸 발견하고 나니까 제가 미치겠는 거예요. 개미는 안 하겠다고 했는데.

그런 와중에, 예일대 심리학과를 나오고 우리 연구실에 들어온 댄 펄만Dan Perlman이라는 유대인 친구에게 제가 사수 역할을 한답시고 이것저것 가르쳐주다가 이 얘기를 하게 됐어요. 그랬더니 눈빛이 반짝반짝하더라고요. 그 친구가 그해 여름에 그걸 보고 오겠다고 코스타리카를 갔다 왔어요. 그럼 일단 그 주제는 넘어간 거예요. 제가 "안 돼, 그건 내 거야" 이럴 수는 없는 거잖아요. 그래서 잘 해보라고 했죠. 그런데 제가 양보하면서 눈빛이 되게 알딸딸했나봐요. 유대인들이 눈치가 굉장히 빠르잖아요. 평생 저랑 같이 했어요, 저를 절대로 배제하지 않고.

그러다보니까 제가 두툼하게 논문을 써서 윌슨 교수님께 가져다드렸더니, 받으시면서 표지도 안 보시고 "개미야, 민벌레야?" 이러시더라고요. 그 정도로 제가 두 개를 정말 깊게 했어요. 민벌레도 하고 개미도 하면서 곤충들이 어떻게 사회를 구성하면서 살게 됐는지 연구하게 된 거죠.

사실, 제가 민벌레 연구를 시작할 때는 주제가 '사회성 진화'였거든요. 개미나 벌은 아니더라도 흰개미는 어떻게 사회를 구성하고 살게 됐는지 연구하겠다고 덤벼들었는데, 솔직히 별로 밝힌 게 없어요. 그럴 수밖에 없었던 게, 그때는 분류학자들이 민벌레가 흰개미의 사촌이라고 했는데 5~6년 전 DNA 검사를 해보니 흰개미의 사촌은 바퀴벌레라고 결론이 났어요. 한마디로 흰개미는 사회성 바퀴벌레입니다. 제가 헛짚은 거죠. 그런데 다행히 아무도 연구하지 않은 주제였던 거지요. 기껏해야 야외에서 잠깐 관찰하고 쓴 짧은 논문이 여기저기 있는 정도였어요. 그러니 제가 이걸로 박사 학위를 하면서 제법 새롭게 알아낸 것들이 있을 거 아니에요?

민벌레는 몸길이가 2밀리미터밖에 안 됩니다. 정말 작아요. 그래서 열대 숲속에서 관찰하는 것은 한계가 있어요. 하지만 저 이전에는 실험실에서 민벌레 키우는 방법을 몰랐어요. 제가 기발한 방법을 찾아 실험실에서 키우면서 현미경 아래에 놓고, 관찰하기 시작했습니다.

뜻밖에 이놈들이 굉장히 재미있는 짝짓기 행동을 많이 하더라고요. 그래서 결과적으로 저는 사회성 진화는 아즈텍개미로 연구하고, 민벌레로는 다윈의 성선택에 관한 연구를 하게 됐어요.

타이밍이 그럴듯했어요. 다윈의 성선택은 오랫동안

연구되지 않다가 1960년대 후반에서 1970년대 초반이 되어서야 미국이나 유럽에서 연구가 시작됐어요. 그래서 우리나라 사람으로는 제가 성선택에 관한 논문을 쓴 최초일 거예요.

굉장히 재밌게도 제가 연구한 이 두 가지가 다 다윈이 연구한 것들이에요. 다윈이 굉장히 힘들어했던 연구들인데, 그중 하나가 '같은 종이면 기본적으로 유전자가 같을 텐데 암수의 차이가 왜 이렇게 클까?'였어요. 꿩을 보면 장끼는 깃털 있고 무지하게 화려한데, 까투리는 밟힐 것처럼 보호색이나 띠고 있잖아요. 다윈에게는 이게 고민이었는데, 그 고민을 스스로 풀어내셨어요. 1859년에 『종의 기원』이 나오고, 1871년에 『인간의 유래』가 나옵니다. 두 책이 12년 차이가 나는데, 그사이에 자연선택이 있는가 하면 또 번식에 더 직접적으로 관련하는 성선택sexual selection 메커니즘이 있다는 것을 확실하게 정립하셨어요.

오히려 다윈은 사회성 진화에 대해 '도대체 왜 일개미

는 알도 안 낳고, 평생 여왕개미를 도우며 자신을 희생하나?' 하는 의구심을 갖고 있었어요. 심지어 『종의 기원』에서 "내 이론이 무너진다면 어쩌면 이것 때문일지도 모르겠다" 하는 걱정을 하세요. 그리고 돌아가시기 전까지 그 문제를 설명해보려고 여러 차례 시도하세요. 그런데 설명을 깔끔하게 못 하셨어요. 그걸 해내신 분이 윌리엄 해밀턴 교수님인 거죠. 또, 윌슨 교수님은 해밀턴 교수님을 세계적인 스타로 만들어주신 장본인이고요.

그런데 말년에 윌슨 교수님이 "해밀턴은 틀렸다. 포괄적합도 이론은 중요한 게 아니었다. 내가 잘못 생각했다" 라는 말씀을 하셨어요. 너무나 어마어마한 충격이었죠.

2012년 오스틴에 있는 텍사스대학교에서 '인간 행동 및 진화학회Human Behavior and Evolution Conference'가 열렸어요. 그때 우리 분야의 거물들이 총출동했습니다. 매일 한 분씩 기조강연을 하는데, 윌슨 교수님이 해밀턴 이론으로 중무장한 1백 명 정도의 청중 앞에서 "해밀턴은 사실 아무것도 아니었다. 내가 잘못 생각했다" 이러시니까 난리가 난 거죠. 질문하겠다고 여기저기서 손을 드는데 질문 절대 안 받으시고, 가져오신 걸 줄줄 읽는 수준으로 설명하시고는 뒷문으로 가버리셨어요. 이게 보통 폭탄이 아니라는 걸 당신이 너무 잘 아시니까 질문을 아예 안 받기로 하고, 속된 표현으로 도망가신 거예요. 그런데 그 안에 모인 1백 명 중에 제가 유일한 윌슨의 제자였거든요. 선생님이 도망가신 다음에 모든 사람이 저에게 덤벼들었어요. 난리법석이 났는데, 생각해보니까 윌슨 교수님은 처음부터 해밀턴 교수님의 이론을 잘 이해하지 못하셨던 것 같아요. 그래서 늘 혼돈하고 사셨던 것은 아닐까 싶어요.

윌슨 교수님의 폭탄 발언에 저희 분야가 대혼란에 빠졌습니다. 윌슨 교수님이 보통 인물이 아니잖아요. 그분이 "내가 그동안 잘못 생각했다" 이렇게 나오시니까. 그리고 그걸 감상적으로 얘기하시는 게 아니라, 하버드대학교에 새롭게 부임한 이론생물학자 마틴 노왁Martin Nowak과 수학적으로 풀어내서, 그동안 우리가 얘기했던 개체 또는 유전자 수준의 자연선택이 아니라 집단이 훨씬 더 중요하다고 주장한 겁니다. 저희는 지금까지 집단이 그렇게 중요하지 않다는 쪽으로 너무나 명확하게 이해하고 설명했는데, 갑자기 그게 더 중요하다는 폭탄을 떨어뜨리셨어요. 그런데 전혀 근거 없이 하는 말이 아니잖아요. 엄청나게 많은 양반이 달려들어서 노왁과 같이 쓴 논문의 반박 논문을 네이처에 실었는데, 마지막 순간에 저는 제 이름을 뺐습니다. 지도교수님을 적나라하게 공격하는 논문이었거든요. 도저히 거기 동참할 수 없어서 빼달라고 했습니다.

시간이 지나니까 슬금슬금 집단이 중요할 수도 있다고 얘기하는 사람들이 제법 생겨났어요. 그렇다고 해서 제가 지금 "저도 그쪽으로 귀화했습니다"라는 건 절대 아닙니다. 저는 철저하게 해밀턴 교수님의 이론에 동의하는 사람입니다.

유전자 수준의 자연선택이 훨씬 막강할 수밖에 없다는 것을 이론적으로 너무나 명확하게 이해하고 있지만, 집단 수준의 자연선택도 충분히 고려해야 한다는 정도의 분위기가 많이 생겼습니다. 어떻게 보면, 이 문제를 앞으로 치고받고 해야 할지도 몰라요. 저는 치고받고 할 것이 별로 없다고 끝까지 우기는 쪽이지만, 그래도 제 지도 교수님을 비롯한 제법 대단하신 분들의 설명도 충분히 귀 기울여야 해서 굉장히 재밌어졌습니다.

수학을 잘하면 저희 분야에서도 굉장히 유리한 것은 사실이지만, 수학을 잘하지 못해도 괜찮습니다. 제가 미국에서는 갑자기 수학의 귀재가 됐지만, 한국 기준으로 보면 사실 수학을 잘 못하는 사람이거든요. 그럼에도 불구하고 충분히 제 분야의 이론들을 이해하고 저 나름대로 발전시키는 일들에 참여해왔습니다. 그래서 만약 학생들이 이걸 보고 있다면, 이렇게 얘기하고 싶어요.

"수학을 못한다고 진화생물학 분야를 포기할 필요는 없다. 수학 능력이 조금 부족해도 이과 계통에서 충분히 할 수 있는 연구가 많다."

진짜로 하고 싶은 말은 이거죠. 수학을 잘한다면 훨씬 유리합니다. 수학적으로 설명하기 시작하면 굉장히 막강해지거든요. 대부분의 분들이 수학적으로 설명을 잘 못하고 있는 와중에 그걸 가지런히 설명해주면 단숨에 대가 반열에 오를 수 있습니다. 그래서, 진화생물학과 동물행동학도 수학을 진짜 잘하면 해볼 만한 분야다. 그렇게 얘기하고 싶습니다.

모든 것은 아주 우연한 일의 결과물

제가 오늘 여러분에게 엉뚱한 제안을 하려고 합니다.

"아름다운 방황을 해봐라!"

설마 제가 이렇게 여러분 시간 다 뺏어놓으면서 "방탕하게 삽시다!" 이런 얘기는 안 하겠지만, 젊을 때 남의 얘기만 듣고 일찌감치 한길로만 가는 사람들을 보면 저는 답답해요. 이다음에 중년이 되었을 때 '내가 왜 이렇게 살았지?' 후회하는 게 아닐까, 그런 생각이 들어서 인생의 초반부에 방황하는 게 훗날 풍요로운 인생을 사는 데 도움이 된다는 얘기를 좀 드려볼까 합니다.

저는 소설을 참 좋아합니다.

요즘 중국에서 정말 잘나가는 소설가인 위화의 『활착』이라는 소설이 있습니다. '활착'은 '뿌리 내리다' '삶을 시작하다' 이런 뜻인데, 베이징올림픽 개막식을 총감독했던 장이머우 감독이 공리를 주연으로 이 소설을 영화로 만들 때, 제목을 '인생'이라 붙였어요. 그리고 우리나라 출판사가 책을 번역하면서 원제목을 쓰지 않고 영화 제목을 가져다 쓴 거죠. 이 소설 꼭 읽어보시라고 하고 싶지만, 이 소설처럼 사시라는 말은 하고 싶지 않네요. 철저하게 지질한 인생을 그린 참 슬픈 소설입니다. 한 남성의 이야기인데, 좀 살아볼 만하니까 문화혁명이 일어나서 집안이 쑥대밭이 되고, 전쟁통에 가족들은 다 죽어요. 하는 것마다 지지리 궁상만 떨고 사는 삶이에요. 마지막에는 멀쩡한 소를 놔두고 늙은 소 한 마리를 사서 그 소랑 같이 늙어갑니다. 이 책이 말하는 것은 "인생은 제법 사는 게 아니라 그냥 살아지는 거다"예요. 내가 멋있게 살아보려고 해서 뭐가 제대로 되는 게 아니라 살다 보니 그런 삶을 사는 거라는, 정말 맥 빠지는 소설입니다.

그런데 제가 오늘 이렇게 많은 분을 모셔놓고, 시간 낭비하면서 살아지는 대로 사시라는, 그런 강의를 하면 안 될 것 같아요. 비 오면 기어나와서 괜히 우리 발에 밟히는 지렁이, 그 지렁이들은 아마 살아지는 대로 살고 있겠죠. 비 오니까 목욕이나 하자고 나오는 게 아니고, 굴 안에 물이 들어와서 할 수 없이 기어 나왔다가 우리에게 밟혀 죽는 거예요. 그런 삶은 살아지는 삶이겠죠.

하지만 우리 인간은 자연계에서 유일하게 자기 인생을 기획할 줄 아는 동물일 겁니다. 한 번 사는 인생인데, 남이 하라는 대로 하지 말고, 부모님이 시키는 인생 그대로 따라 살지 말고 멋있게 내 인생을 디자인해보면 어떨까, 그런 말씀을 드리려고 하는 겁니다. 위화의 소설을 감명깊게 읽은 사람이 할 얘기인지는 모르겠습니다만.

생각해보니까, 부자로 사는 인생도 괜찮을 것 같아요. 저는 일찌감치 그리 안 하기로 마음먹고 살았지만. 하버드대학교에서 박사 학위를 한 덕에 가끔 모교에 갑니다. 몇 년 전에 갔을 때 대학생들이 모여 있는 곳 옆에 앉아 있다가 우연히 들은 얘기들이 참 가관이더라고요. 이놈들이 "학교 언제 그만둘까?" 이러길래 무슨 얘기인가 하고 가만히 귀 기울여보니, 하버드대학 역사상 최고의 부자인 빌 게이츠와 마크 저커버그처럼 언제 중퇴할까, 얘기하고 있더라고요. 그 둘이 졸업을 안 했잖아요. 중퇴를 하건 말건 부자로 한번 살아보는 것, 멋진 인생일 것 같아요. 그런데 그런 인생만 최고의 인생은 아니겠죠.

저는 오늘 조금 다른 인생에 대해 얘기하겠습니다. 조금 쑥스럽지만 제 삶의 이력을 좀 말씀드려야 할 것 같습니다.

저는 세상이 부러워하는 하버드대학교에서 박사 학위를 받고 서울대학교에서 교수를 하다가 비교적 젊은 나이에 이화여자대학교에서 석좌교수를 하고, 지금은 환경부가 충남 서천에 만든 국립생태원의 초대 원장으로 일하고 있습니다. 이 기록만 놓고 보면 제가 시쳇말로 완벽한 '엄친아'잖아요. 그런데 이런 것만 보시면 안 돼요. 그 이면을 들여다봐야죠.

저 고백하렵니다. 저는 대학을 두 번이나 떨어진 사람이에요. 서울대 의예과를 지원했는데 보기 좋게 낙방해서 재수하고, 재수하는 동안 공부가 손에 안 잡혀 종로 뒷골목을 누비다가 시험에 또 떨어졌습니다. 삼수하려다가 운 좋게 2지망으로 대학에 들어가게 되었고, 원하는 과가 아니었기 때문에 대학 생활을 참 재미없게 했습니다. 이런 공부 해서 먹고살 수나 있을까, 걱정하면서도 허구한 날 수업에도 안 들어가고 동아리 활동하거나 남의 과 수업이나 듣고 다녔습니다.

저한테 그런 불행이 찾아온 이유가 무엇일까, 생각을 해봤습니다. 제가 중학교 2학년 때, 교내 백일장에 우연찮게 따라갔다가 써낸 시 한 편으로 장원을 했어요. 저는 그 순간 제가 시인으로 태어난 줄 알았습니다. 하느님이 저를 지구별로 내려보내면서, "너는 가서 시인으로 살아라" 그러셨는 줄 알았습니다. 그래서 다른 걸 생각할 엄두도 내지 않았습니다.

그런데 대한민국이라는 이상한 나라, 문과와 이과를 나눠서 가르치는 그 이상한 교육제도 때문에 이과를 가게 됐습니다. 저희 고등학교에 교장 선생님이 새로 부임하시더니, 문과 네 반, 이과 여덟 반이었던 것을 구조개혁하셔서 이과 반을 아홉 개로 만들고 문과 반을 세 개로 줄이셨어요. 그 구조 조정의 희생물로 저는 이과에 배정받았어요.

당장 쳐들어갔죠. "교장 선생님, 새로 부임하셔서 잘 모르시는 것 같은데, 제가 우리 학교 문과 0순위입니다. 제 별명이 시인인데, 제가 문과를 안 가면 여기서 문과 갈 놈이 없습니다." 3년을 졸랐는데 절대 안 들으시더라고요. 저희 아버지가 제게 가난한 집안의 장남이니 법대에 진학해서 집안을 일으켜 세우라고 늘 말씀하셔서 대학 입시 원서를 서울대 법대로 써서 학교에 제출했는데, 그것도 안 된다고 하셔서 교장실 앞에서 3일간 무릎 꿇고 수업도 안 들어가며 농성을 했습니다. 그러던 어느 날, 저희 아버지가 집에 오시더니 딱 한마디 하시는 거예요. "법대 관두고 의대 가라." 제가 그때 저희 아버님 말씀이라면 죽을 각오도 하던 사람이라서 그다음 날 의대로 바꿔서 학교에 다시 제출했습니다. 다만, 제가 의사가 될 운명이 아니었는지 2년 연달아 떨어지고 결국 동물학과에 들어갔습니다.

지금은 제가 동물학자라고 당당하게 얘기하지만, 그 당시에는 소개팅에도 안 나갔습니다. 마주 앉은 여학생들에게 동물학과라고 얘기하면, “요즘 우리 집 부엌에 쥐들이 너무 많이 들어오는데……” 이런 얘기만 해서 정말 가기 싫었어요. 언제 한번은 정말 예쁜 숙대 여학생이 나왔는데, 마음에 들더라고요. 어느 과냐고 물어보길래 동물학과라고 대답했더니 이 학생이 갑자기 괴테 얘기를 시작하는 거예요. 왜 괴테 얘기를 하나, 가만히 생각해보니 동물학과를 독문학과로 잘못 들은 거예요. 차마 그 여학생에게 독문학과가 아니고 동물학과라고 정정할 용기가 안 나서 그날 두 시간을 괴테, 헤르만 헤세, 토마스 만 얘기만 나누고 헤어졌습니다. 참 마음에 들었는데, 애프터를 신청할 용기도 없어서 그냥 돌아오고 말았습니다.

그렇게 지질하게 대학을 다니던 어느 날, 백발의 미국 할아버지가 저를 찾아오셨어요. 들고 오신 편지를 읽어보니까 하루살이 연구의 세계적인 대가랍니다. 그 하찮은 곤충을 채집하러 한국에 오셨대요. 한국계 미국인 교수님에게서 제가 조수를 할 거라는 소개를 받았답니다. 그래서 그다음 날부터 저는 수업을 다 빼먹고 그분의 조수를 했습니다.

차를 한 대 렌트해서 그분이 몰고, 저는 조수석에 앉아 개울물을 찾아다니는 겁니다. 영어를 잘 못해서 그때는 그냥 "This way! That way!" 이러면서 손가락질하며 다녔는데, 운전하다 개울물만 보이면 그분은 그냥 차 세우고 들어가셔요. 신발도 안 벗고 바지도 안 걷고 그냥 들어가셔요. 동방예의지국의 청년인 제가 신발 벗고 양말 벗고 바지 걷고 들어가려 하면 나오시더라고요. 들어가셔서는 돌을 뒤집으면서 그 밑에 기어다니는 하루살이 유충을 채집해서 알코올 병에 넣는 거예요.

일주일을 보좌하면서 따라다니는데, 이해가 안 되는 거예요. '저 영감님은 저 나이에 할 짓이 얼마나 없으면 한국까지 와서 개울물에나 첨벙거리고 있는 것인가?' 그래서 마지막 날 저녁을 사주실 때 그 짧은 영어로 선생님께 여쭤봤어요. "선생님은 왜 사모님과 한국까지 오셔서 관광도 한 번 안 하시고 개울물만 첨벙거리셨습니까?" 이런 질문을 왜 하는지 선생님은 이해를 못 하시더라고요. 선생님의 표정을 보고 제가 영어가 안 되는구나, 싶어서 말씀을 좀 달리 해서 드렸어요. 그제야 자신이 뭔가 착각했다는 걸 이해하셨던 것 같아요. 저는 동물학과를 다녔지만, 저희 과의 교수님들은 대부분 실험실에서 흰 가운을 입고 실험하시는 분들이었어요. 동물학이라고 하면 기린 쫓아다니고 곤충 잡는 걸 생각했는데, 막상 보니까 실험실에서 화학 실험만 하시더라고요. 재미가 하나도 없었어요. 그래서 별로 공부할 맛도 안 났어요. 그러니 "이분은 생물학과 교수인데 왜 이런 짓을 하지?" 이런 생각을 하게 된 거예요. 하지만 그분의 삶에 대해 설명을 듣고 난 다음 저는 그분에게 "선생님처럼 되고 싶습니다"라며 고백했어요.

제 고향이 강원도 강릉인데요. 서울에 와서 학교를 다닐 때도 방학만 되면 무조건 강릉에 가서 방학 숙제는 안 하고 개울물에 첨벙거리고 바다에서 성게알 잡으며 놀았어요. 그런데 대학에 갔더니 어른들이 그렇게 놀기만 하면 안 되고 직업을 얻어야 된다고 그러더라고요. 직업을 얻으면 개울물에는 언제 가냐 그랬더니 1년에 휴가가 2주 정도 있다고 하더군요. 기운이 쫙 빠져 있는데, 미국 교수님이 와서 개울물에 첨벙거리는 거예요. 그 분이 저한테 "내가 유타대학의 교수인데, 우리 집은 솔트레이크시티의 산 중턱에 있고 밤에 우리 집 거실에서 솔트레이크시티의 야경이 그대로 내려다보인다. 겨울에 눈이 많이 와서 스키 타고 학교에 간다. 플로리다 바닷가에는 멋있는 별장이 있고, 기막힌 금발 미인이 부인이다. 하루살이 잡으러 세계를 돌아다니는데, 너희 나라가 백두 번째 나라다" 이러는 거예요. 저는 기억이 안 나는데 나중에 선생님 말씀으로는 그 얘기를 들으면서 제가 의자에서 내려와 무릎을 꿇고 말하더래요.

"그냥 선생님처럼 되는 방법만 가르쳐주시면 됩니다. 저는 이 세상에서 다른 거 아무것도 필요 없고, 매일같이 개울물 첨벙거리면서 먹고 살면 됩니다. 어떻게 하면 선생님처럼 되는 겁니까?"

제가 그때 선생님이 만들어주신 목록을 가보로 남겨 놓으려고 했는데 이사 다니면서 잃어버렸어요. 선생님이 제게 미국에 오려면 토플TOEFLE이라는 시험을 봐야 한다, GRE도 봐야 한다고 쓰시고, 그런 다음 지도교수님으로 모시고 싶은 분들에게 편지를 써야 한다며 아홉 개 대학을 쭉 적어주셨어요. 맨 위에 하버드대학교를 쓰면서 저를 흘끔 보시더라고요. 그러면서 "아니, 너무 부담 갖지 말고. 꼭 가야 한다는 게 아니라 좋은 학교 순서로 써야 하니까 쓰는 거다"라고 저를 아주 무시하는 발언을 하셨어요. 그러고는 하버드에는 윌슨 교수가 있다고 적으시고 그 밑으로 나머지 여덟 개 대학을 적어주셨어요.

그렇게 제가 그분의 도움으로 미국 유학을 갔어요. 성적도 안 좋아서 거의 서른 곳에 지원서를 냈고 그중 두 군데가 돼서 유학길에 오를 수 있었습니다. 펜실베이니아 주립대학에서 석사를 마치고 하버드대학의 윌슨 교수님 제자가 되어 그분의 연구실에 책상을 얻었습니다. 그리고 제일 먼저 한 일이 편지를 쓴 겁니다.

"조지 선생님, 제가 지금 어디 있는 줄 아십니까? 하버드대학의 윌슨 교수님 연구실에 와 앉아 있습니다."

미국에서 편지가 가는 데 이틀이 걸립니다. 이틀 후에 전화가 울려서 받았더니 "제이, 진짜 네가 거기까지 갈 줄은 몰랐다" 하시면서 마치 당신 아들 일인 것처럼 좋아하셨어요.

그분이 그때 왜 저한테 오셨는지, 저는 모릅니다. 세계 백 개국 이상을 돌아다니시면서 왜 하필이면 그때 한국에 오시기로 결정하셨는지 저는 모릅니다. 그분이 학회에 갔다가 왜 하필이면 한국계 미국인 교수님을 만났는지 저는 모릅니다. 그분이 왜 그 교수님에게 다음 달에 아시아권을 돈다는 얘기를 하셨는지 저는 모릅니다. 그런데 그 모든 우연이 다 들어맞아서 그분이 제 앞에 나타나주신 겁니다. 직접 오셔서 제 미래를 보여주신 겁니다. 과학자가 이런 얘기하면 안 되겠지만, 다른 설명이 불가능해 보입니다. 그분은 신이 제게 보내주신 천사였습니다. "방황하는 최재천이에게 가서 그의 미래를 보여주고 와라." 그래서 저한테 다녀가신 것 같아요.

제가 바쁘지만, 전국을 돌아다니면서 강의하는 걸 마다하지 않습니다. 특히 젊은 친구들을 만나는 자리는 가능하면 가려고 합니다. 가서 학생들에게 이렇게 말합니다.

"저 오늘 열심히 달려왔습니다. 온 이유는 딱 하나입니다. 혹시 오늘 이 자리에서 저 때문에 딱 한 명이라도 인생의 길을 찾는다면 저는 너무너무 값진 일을 했다고 생각합니다. 그래서 왔습니다."

제가 이 얘기를 정리해보겠습니다.

저는 '민벌레'라는 참 하찮은 동물을 연구했습니다. 아는 게 아무것도 없는 정말 희귀한 곤충입니다. 그런 곤충을 연구해서 박사 학위 받았습니다. 윌슨 교수님 연구실에서는 모두 개미 연구만 하는데 혼자 다른 걸 하기가 쉽지는 않았습니다. 그러다 저도 우연히 아즈텍개미를 연구하게 되었습니다. 민벌레와 개미 둘 다 연구하느라 박사 학위를 받는 데까지 무려 11년이나 걸렸습니다. 참 오랫동안 공부하고 귀국했어요.

미국의 미시간대학교에서 교수를 하다가 1994년에

서울대로 부임하면서 한국에 가면 어떤 연구를 할까 고민을 많이 했어요. 그때 굉장히 주의 깊게 본 연구가 영국 옥스퍼드대학의 박새 연구입니다. 참새만 한 새인데, 그걸 그때까지 이미 80년 동안이나 연구했습니다. 옥스퍼드대학 근처에 가서 박새 한 마리를 잡아 다리 고리에 있는 일련번호를 옥스퍼드대학 컴퓨터 시스템에 입력하면 80년 족보가 다 나옵니다. 28대 고조할머니는 누구와 결혼해서 누구를 낳았고, 뭐 이런 게 다 나옵니다. 최근에는 거기에 DNA 정보까지 집어넣습니다.

우리 정부도 이제 기후변화의 중요성을 알아차리고 연구를 시작하면서 저 같은 사람에게 기후변화에 따른 동물들의 변화에 대한 데이터가 없냐고 해서 빨리 연구를 시작하려는데, 옥스퍼드에서는 논문이 나오더라고요. 80년을 모은 데이터베이스에 들어가서 80년 동안 둥지를 언제 만들었는지 뽑으니, 영국에서 둥지를 트는 시간이 계속 빨라졌더군요. 지구 온난화의 영향으로 박새들이 더 빨리 번식을 시작한다는 거예요. 어마어마한 데이터베이스의 힘이라는 게 기가 막힌 겁니다.

저도 그런 걸 하나 만들기 위해 까치를 연구하기로 했습니다. 쉽지는 않네요. 박새는 다른 많은 새들처럼 접시형 둥지를 만듭니다. 그래서 위에서 내려다보면 알이 몇 개인지 다 보입니다. 나무에 올라가지 않아도 긴 장대에 거울을 달아서 올려다보면 다 보입니다. 이제는 드론을 이용해서 들여다 봅니다. 그런데 이 까치는 둥지에 지붕을 해 덮어서 안 보여요. 참 연구하기 힘들어요. 나무에 기어 올라가려 해도 우리나라 나무의 수령이 길지 않아서 중간쯤 올라가면 심하게 흔들립니다. 누구든 떨어지면 안 되겠다 싶어서 이삿짐센터의 사다리차를 동원해 연구하고 있습니다. 그걸로 올라가서 알 크기도 재고 새끼들 다리 길이도 재고 이름표도 달아주며 연구합니다.

서울대 교정과 대전의 카이스트 교정에서 연구하고 있습니다. 서울대에서 1998년에 시작했으니 어언 25년이 넘었네요. 그런데 제 은퇴가 그리 멀지 않아요. 결국 저는 기껏해야 이십몇 년짜리 데이터를 만들고 은퇴합니다. 생각하니 억울하네요. 별 볼 일 없네요, 아직은. 제 후배 교수에게 물려주고 가렵니다. 그 양반이 한 10여

년만 더 하면 거의 40년짜리 데이터가 됩니다. 그때가 되면 드디어 힘을 발휘하게 될 겁니다. 초석을 쌓았다 생각하고 저는 기쁜 마음으로 물러나겠습니다.

제인 구달 박사님, 제가 이 세상에서 가장 존경하는 분 중 한 분입니다. 침팬지를 연구하셨고, 지금은 자연 보호를 위해서 1년에 300일 이상 세계를 돌아다니십니다.

서울대 교수로 돌아온 지 2년도 채 안 되던 어느 날, 전화가 울려서 받았더니 어느 잡지사였습니다. 부탁할 게 있다고 하길래 거절할 생각으로 무슨 일이시냐고 물었습니다. 좀 거만하게 전화를 받았어요. 제인 구달 박사님이 한국에 오셨는데, 인터뷰를 해달라는 것이었습니다. 그 말을 듣자마자 그냥 달려 나갔습니다. 평생 한 번이라도 뵙고 싶었거든요.

선생님을 뵈러 갈 때 그분의 삶과 연구에 관해 실린 『내셔널지오그래픽』 제인 구달 특집호를 가져갔습니다. 선생님 사인을 받으려고. 그 특집호 제일 마지막 페이지 오른쪽 구석에 제 박쥐 연구가 소개되어 있어요. 그래서 그 페이지를 펴서 선생님께 자랑도 했습니다. 그렇게 선생님을 알게 되고 훗날 선생님을 우리나라에도 모시기 시작했습니다. 2003년부터 2~3년 간격으로 우리나라에 일곱 번이나 오셨어요.

선생님의 도움을 받아 저는 어려서부터 제일 하고 싶었던 우리 사촌에 관한 연구를 시작했습니다. 침팬지, 고릴라, 오랑우탄, 긴팔원숭이, 우리의 가장 가까운 사촌들이잖아요. 영장류 연구는 자연과학과 인문학이 어우러지지 않으면 제대로 할 수 있는 것이 많지 않을 것 같았어요.

민벌레와 같은 곤충을 연구할 때는 인문학까지 거들먹거릴 필요는 없다는 생각이 듭니다만, 영장류, 그중에서도 유인원은 우리와 유전자의 90퍼센트 이상을 공유하는 사촌입니다. 인문학이 우리 인간을 연구하는 학문이라면 그 인문학이 그들을 연구하는 데도 충분히 적용될 수 있다고 믿습니다. 그래서 2007년부터 인도네시아 자바섬의 구눙할리문살락 국립공원에 가서 자바긴팔원숭이를 연구하고 있습니다.

구달 선생님이 아프리카에 처음 가서 6개월 동안 침팬지 그림자도 못 봤다고 하셨어요. 부스럭 소리만 나면 침팬지들이 먼저 도망가버리니까요. 저도 똑같더군요. 자바긴팔원숭이는 30미터 높이의 나무 위에 삽니다. 왜 긴팔원숭이라고 불러요? 그 긴 팔로 나뭇가지를 척척 잡고 움직이잖아요. 날아다닙니다. 쫓아가려고 위만 쳐다보고 가다간 절벽으로 떨어집니다. 그래서 저들이 나무 타고 휙휙 움직일 때 우리는 능선 따라 오르락내리락 움직여야 합니다. 게임이 안 되더군요. 그래서 6개월 동안 세 명의 인도네시아 조수들과 매일같이 추적해서 굴복시켰습니다. 지금은 저희가 망원경으로 올려다보면 인사하는 것 같을 정도로 아무렇지 않아해요. 그렇게 연구하고 있습니다.

긴팔원숭이를 연구하러 인도네시아에 가는 것과 더불어 동물원에서도 연구를 시작했습니다. 세계적인 영장류 연구 국가들이 있습니다. 영장류 연구는 미국, 영국, 독일, 일본, 네덜란드, 이 다섯 나라가 꽉 잡고 있습니다. 그런데 대부분의 나라가 침팬지나 고릴라를 연구합니다. 그래서 저희는 오랑우탄을 연구하기로 결정했고, 과천 서울대공원에서 연구했습니다.

저는 과학이 늘 대중과 소통해야 한다고 생각하는 사람입니다. 저희가 연구하고 있는 모습을 대중에게 보여주면 좋겠다고 생각해서, 유리로 저희가 연구하고 있는 모습을 들여다볼 수 있게 해놨어요. 그런데 정말 신기한 게, 동물원에 동물 보러 오셨으면서 오랑우탄 안 보고 저희를 더 열심히 보십니다. 인간은 인간이란 동물에게 가장 관심이 많은가봐요.

2013년에는 불법으로 포획되어 서울대공원에서 돌고래 쇼를 하던 '제돌이'라는 돌고래를 제주 바다로 돌려보내는 일을 하게 됐습니다. '제돌이야생방류시민위원회'가 만들어졌는데, 어쩌다 제가 위원장으로 선출되는 바람에 2012년부터 1년 넘도록 많이 바빴어요. 수족관 돌고래는 오랫동안 갇혀 있었기 때문에 바로 야생으로 보낼 수 없어서 재활 훈련을 시켰습니다. 체중도 좀 빼야 하고 살아 있는 물고기를 잡아먹을 수 있게끔 훈련시켜야 했습니다. 제주 바다의 잔잔한 곳에서, 그리고 파도치는 곳에서 적응 과정을 거쳤습니다.

그리고 2013년 7월 18일, 제돌이와 그의 친구들 춘삼이, 삼팔이를 바다로 돌려보냈습니다. 제돌이의 등 지느러미에는 저희가 1번을 큼지막하게 새겨줬습니다.

저는 종종 제주도에 갑니다. 배를 타고 제주도 앞바다에 나가면, 수십 마리가 물 위로 뛰어올랐다 내려가는 게 100미터 거리에서도 보입니다. 우리가 잡아 가뒀던 동물에게 다시금 자유를 선사한 일은 제가 태어나서 한 일 중에서 가장 가슴 뿌듯했던 일입니다.

돌고래는 숲에서 달리는 호랑이와는 비교가 안 됩니다. 호랑이는 걸리적거리는 것들이 많은 숲을 달리지만, 돌고래는 걸리적거리는 게 없는 바닷속을 하루에 100킬로미터 이상씩 유영합니다. 그런 아이들을 잡아다가 지름 10~20미터도 안 되는 욕조에 담아놓고 뛰어보라고 하는 건 아니라고 생각합니다. 게다가 돌고래는 초음파로 신호를 보내고 대화를 나누는 동물입니다. 콘크리트 수조 안에 갇히면 소리가 반사되어 이명을 앓는 것과 같습니다. 소리 지옥 안에서 살고 있습니다. 돌고래 쇼는 없어져야 한다는 게 제 생각입니다.

저들이 나가서 행복하게 사는 모습을 보면 눈물이 날 정도로 기쁩니다. 그 아이들이 얼마나 행복한지 마음으로 느껴집니다. 돌고래에게 자유와 행복을 주는 데 기여했다는 게 제 인생에서 다른 어떤 일보다 보람 있는 일이었습니다. 저는 이런 일을 하며 살고 있습니다.

우리 부모님들은 우리에게 판검사가 돼라, 의사가 돼라는 얘기를 많이 합니다. 왜 자꾸 그런 직업을 택하라고 하시는지 야속합니다. 요즘 저는 생물학과 교수 하기 참 맥 빠집니다. 기껏 잘 가르쳐 놓았더니 다 약대로, 치의대로 도망가네요. 그렇다고 그 직업들이 세상에서 최고로 좋은 직업일까요? 사회가 좋은 직업이라니까, 부모님이 가라니까 가는 것은 바람직하지 않은 것 같습니다. 한 번쯤은 내 인생을 어떻게 살아야 할지를 심각하게 고민해볼 필요가 있다고 생각합니다.

부모님들이 좋아하는 직업들은 국민소득 2만 불 정도에 딱 어울리는 것들입니다. 국민소득 2만 불 시절에는 그런 직업을 가진 분들이 다른 직업의 분들보다 비교적 안정적이고 돈을 잘 법니다. 그런데 우리나라가 앞으로 수십 년 계속 2~3만 불에 묶여 있을까요? 저는 절대로 그렇게 생각 안 합니다. 조만간 4만 불, 5만 불까지 갈 겁니다. 우리가 누굽니까? 우리가 그냥 가만히 앉아 있을 민족이 아니잖아요. 우린 악착같이 해낼 겁니다. 그래서 그리 머지 않은 장래에 풍요로운 선진국이 될 겁니다. 그런 때가 되면 지금 잘나가는 직업을 가진 사람들이 버는 수입과 웬만한 사람들의 수입 차이가 상당히 줄어듭니다. 그래도 여전히 돈을 조금은 더 벌 겁니다. 하지만 누군가는 저녁에 단란하게 가족들과 게임도 하며 재미있게 지낼 때, 의사 선생님들은 갑자기 전화를 받고 응급실로 달려갈 겁니다. 과연 누가 더 행복한 삶인지 한번쯤 생각해볼 필요가 있지 않나, 하는 겁니다.

저는 요즘 전국에 강연하러 돌아다닙니다. 제 친구들은 제 삶이 너무 부럽답니다.

저희 고등학교에서 저까지 총 여덟 명이 같이 서울의대 시험을 봤는데 일곱 명이 붙고 한 놈이 떨어졌어요.

그 한 놈이 누군지 다 아시겠죠? 평생 의사라는 안정적인 직업을 가졌었는데도 그 친구들이 요즘 저를 부러워합니다.

안정적인 직업이라는 게 뭔지 생각해봤어요. '지붕이 있는 직업'일 겁니다. 비바람을 피할 수 있는 직업. 그런데 어느덧 제 친구들은 손이 떨린다, 더 이상 못 할 것 같다, 얘기합니다. 왜? 어느덧 지붕에 닿았거든요. 그런데 저는 아직도 제 지붕이 얼마나 높은지 모르고 삽니다. 하늘이 얼마나 높은 줄 모릅니다.

제가 이 나이에 돌고래 연구를 새로 시작한 사람입니다. 몇 년 전에는 미지의 정글 탐험대에 속해 인간이 한 번도 들어가지 못한 새로운 곳을 구경했습니다. 전 세계 20여 명의 학자들이 모였는데, 제가 대장으로 뽑히는 바람에 단장으로서 학자들을 끌고 정글에 다녀왔습니다.

저는 아직도 꿈이 너무 많아서 멈출 수가 없습니다. 제가 이런 인생을 살 수 있었던 것은, 문과와 이과가 나뉜 불행한 나라에 살았기 때문이라는 생각도 듭니다. 저는 이과의 인생을 살면서도, 시인이 되고 싶다는 꿈을

버리지 못하고 문과 쪽에 발을 하나 넣고 빼지 못한 채 질질 끌며 살았습니다. 그러다보니 박사 학위 하는 데도 오래 걸리고 힘들었지만, 어느 순간 우리 사회가 저를 위해 변해주더군요.

이제는 우리 사회가 학문의 경계를 낮추고 넘나드는 시대를 맞은 겁니다. 통섭의 시대가 오는 바람에 제가 갑자기 잘 팔리네요.

저는 학문의 경계를 넘는 사람들이 21세기의 주인이 될 거라고 확신합니다. 더 이상 어느 한 개인이 문제의 답을 찾는 시대가 아닙니다. 한 학문 분야에서 해결책을 찾는 그런 시대는 지났습니다. 21세기는 학문이 만나야 답을 찾을 수 있는 시대입니다. 그런 시대에 걸맞은 사람이 되어야 하는 겁니다. 자연과학을 하면서 인문 소양을 갖춘 사람, 인문학자지만 자연과학을 이해하는 사람, 그런 사람이 이번 세기에 살아남는 겁니다.

마지막으로 제가 일하는 국립생태원을 잠시 소개하고 강의를 마치려고 합니다.

충남 서천에 있는 국립생태원은 30만 평 규모로 천장 돔의 높이가 제일 높은 곳은 38미터나 됩니다. 처음 들어오시면 후텁지근한 열대 정글이 기다리고 있고요, 다음 전시관에는 그 높이의 큰 선인장들이 기다리는 사막이 있습니다. 그다음은 향수 냄새가 진동하는 지중해관, 그다음은 온대관, 지하로 들어가면 펭귄이 극지관에서 기다리고 있습니다. 세계 5대 기후대를 한 번에 다 체험할 수 있고, 이 나라의 생태학 연구를 책임지는 기관이 탄생한 겁니다.

생태학은 태생적으로 통섭적인 학문입니다. 그래서 저는 제 평생 살아오면서 배운 인문학과 자연과학을 한데 엮어 이 기관을 멋있게 만들기 위해 열심히 노력하고 있습니다. 그래서 저는 마지막으로 여러분에게 "통섭적 인생을 사셔야 한다"라는 말씀을 드립니다. 여러 분야를 아우를 수 있는 멋진 인재가 되시기 바랍니다.

양심을 만나야 비로소 공정이 됩니다

저는 제2지망이라는 얄궂은 제도 덕에 당연히 떨어졌어야 할 서울대학교에 턱걸이로 입학할 수 있었습니다. 그런 주제에 2023년 하계 졸업식에서 축사를 하는 영광까지 얻게 돼서 상당히 감격스러웠어요. 그래서인지 그날 제 목소리가 많이 떨렸다고 하더라고요.

의외로 제가 잘 안 떨어요. 큰 무대에도 겁 없이 올라가 발표할 정도로 대담한 데가 있는데, 그날은 내가 이런 데 설 자격이 있나, 싶은 생각이 저를 자꾸 흔들더라고요.

처음 축사를 부탁받았을 때는 하고 싶은 말 다 하라고

하셔서 진짜 그래도 되는 줄 알았어요. 허준이 교수가 1년 전에 필즈 메달을 받고 축사를 했는데, 명연설이라며 굉장히 많이 회자됐잖아요. 그래서 그걸 찾아봤습니다. 시간을 재봤더니 13분 정도밖에 안 했더라고요. 너무 짧아요. 그래서 확인해보니까 십몇 분 정도 하는 거더라고요. 그때 벌써 40~50분 정도로 준비해놨는데, 15분으로 줄이려니까 좀 힘들었어요. '손잡지 않고 살아남은 생명은 없다'라는 주제로 5~6분은 떠들려 했던 걸 한 문장으로 줄여서 억지로 끼워 넣었습니다.

뜻밖에 좋아해주시는 분들이 많아서 민망하지만, 사실 저는 마음에 안 들어요. 너무 짜임새가 없는 얘기를 한 것 같아서 탐탁지 않습니다.

축사를 통해 제 나름대로 정의한 양심, 공평, 공정에 대해 얘기하고 싶었습니다. 제가 자연을 관찰하고 연구하는 사람이라, 제가 자연에서 얻은 지혜를 적용해보자는 겁니다. 우리가 왜 공정하고 공평하고, 양심적으로 살아야 하는지에 대한 근원적인 답이 자연이 그런 곳이기 때문이라는 거죠. 그런데 그게 충분히 연결되지 못한 것 같아요. 생물학자들이 그동안 이것을 제대로 알리지 못했다는 고백도 담으려 했는데, 시간이 너무 없었어요.

물론, 다윈 선생님께도 죄가 있어요. 사실, 다윈 선생님으로서는 자연을 설명하기 위해 온갖 걸 끌어다가 설명하셨는데, 후학들이 자기 하고 싶은 말만 발췌한 거예요. 제가 지난 십몇 년 동안 다윈 책을 번역하는 작업을 하면서, 그분의 책들을 다시 꼼꼼하게 읽어봤어요. 다윈 선생님은 워낙 말이 많은 분이셔서 굉장히 많은 말씀을 하셨고, 책 안에 그 모든 얘기가 다 담겨 있어요. 그래서 저는 심지어 "다윈 선생님이 모든 문제에 침 발라놨다"라고 표현하기도 했어요. 지금은 우리가 책을 쓸 때 할 얘기만 짧게 쓰잖아요. 다윈이 살던 시대에는 길게 쓰는 게 유행이어서 책들이 다 두꺼워요. 많은 말씀을 하신 거죠. 그런데 후학들이 필요한 부분만 발췌하면서 약육강식, 생존투쟁 같은 것만 얘기한 것처럼 호도된 거죠.

다윈의 저서를 꼼꼼히 읽어보면, 정말 다양한 각도에서 여러 문제를 분석하셨어요. 그런데 그런 것들은 빠져버린 거죠. 그러다가 세월이 한참 지나고 생물학자들이 자연을 관찰하기 시작하면서 자연은 그리 험악한 곳이 아니라는 것을 얘기할 수 있게 된 거예요.

제가 미국에서 유학하던 시절에 해양생태학자이신 제인 루브첸코Jane Lubchenco 박사님이 미국 생태학회 회보에 글을 쓰셨어요. 상당히 인상적이었습니다. 생태학자의 비율을 계산해보셨더라고요. 지금은 제인 구달 박사님을 롤 모델로 한 여성 학자들이 제법 많지만, 그 당시는 여성 학자들이 압도적으로 적은 시절이었어요. 남성 중심의 분야였던 그 당시에 미국생태학회에 소속되어 있는 회원들의 연구 키워드를 분석하셨죠. 압도적으로 많은 남성들의 연구 주제가 경쟁competition인 거예요. 거의 다 경쟁에 꽂혀 있었어요. 반대로, 여성 생태학자들의 약 40퍼센트가 자연계에서 벌어지는 협동mutualism을 연구하고 있더랍니다.

그러면서 예언 같은 말씀을 하셨어요.

"왜 여성들이 이 분야를 들여다보고 있을까? 내 생각에는 앞으로 이 분야가 중요해질 것이다."

그 말씀이 맞아떨어졌어요. 지금은 남성, 여성 할 것 없이 협동을 연구하는 사람이 무지하게 많아졌어요.

최근 들어 『다정한 것이 살아남는다』와 같은 책들이 붐을 일으키고 있잖아요. 갑자기 누가 그런 얘기를 시작한 게 아니라, 지난 몇십 년 동안 쌓여온 겁니다. 그래서 제가 요즘 약간 투정하고 있어요. 내가 『손잡지 않고 살아남은 생명은 없다』를 이미 오래전에 썼는데, 내 책보다 늦게 나온 책은 번역돼서 잘 팔리고 왜 내 책은 안 팔리나, 나도 먼저 영어로 쓰고 번역할 걸, 하며 후회하고 있습니다. 제 외국 동료들과 비교해도 제가 조금 앞섰지만, 그때는 분위기가 형성되지 않았던 시절이고요, 지금은 분위기가 굉장히 무르익었어요. 요즘 나오는 자연에 관한 책들은 전부 "자연은 서로 돕고 사는 곳이다"라는 관점이 완전히 장악했어요. 우리나라에서는 그중 『다정한 것이 살아남는다』가 히트를 친 거죠.

지금은 대부분의 생물학자들이 자연에 대해 그렇게 고찰해요. 자연은 경쟁 일변도의 전쟁터가 아니라 서로 손잡으며 아름아름 돕고 사는 곳이라는 겁니다. 그게 주류의 생각이 되어버렸죠.

축사에서 제일 중요한 부분은 위정자들에 대한 비판이었어요. 맨날 공정, 공정 하지만 전혀 공정하지 않잖아요. 그래서 뭘 알고 얘기하라는 식으로 한마디 한 겁니다. 공정이랍시고 떠들지만, 결국 그들끼리만 공정한 거잖아요. 그건 아무리 잘 봐줘도 공평 수준밖에 안 돼요.

장애인 문제를 볼까요. "장애인이라고 특별히 뭘 해달라고 요구하는 것 자체가 잘못된 것 아니냐"라는 식의 발언을 하는 분들이 계세요. 저도 며칠 전에 장애인들 때문에 행사에 늦은 일이 있습니다. 운전하겠다고 해놓고 길 막혀서 괜히 늦으면 어떡하나 싶어 지하철을 탔어요. 그런데 전장연에서 막아서는 바람에 운행을 못 하고 있다는 방송이 나오더라고요. 어디쯤 가서 풀렸다길래, 괜찮겠다 싶었는데 이제는 앞차와의 간격을 유지하기 위해 천천히 운행하고 있다는 방송이 나와요. 미치겠더라고요. 결국은 전화해서 강연 순서를 뒤로 미뤘습니다.

그럼에도 불구하고 저는 장애인들의 그런 무리한 행

동을 일괄적으로 폄하하는 것은 옳지 못하다고 생각합니다. 그분들은 얼마나 다급하면 그렇게까지 하겠어요. 그것까지 보듬는 게 공정이지, "아니, 다 공평하게 살아. 당신 때문에 직장에 늦었잖아"라는 건 누구나 다 똑같이 살자는 거잖아요. 그런데 가진 자가 공평하게 살면, 그건 그 사람들만 계속 유리한 거잖아요. 그건 아니에요.

의자에 비유해볼게요. 사람들에게 똑같은 의자를 나눠주고 공정하다고 말할 수 있을까요? 그건 공정이 아니에요, 공평이죠. 모두에게 똑같이 의자를 나눠줬으니까요. 키 작은 사람에게 높은 의자를 줘야 그게 진정 공정하고 따뜻한 사회인 겁니다.

서울대에 있을 때, 생물학과 교수들은 타 과 학생들에게 일반생물학을 가르쳐야 했어요. 연차에 따라 가르치는 학생들이 달라서 선배 교수님들은 자연대 학생들을, 서열이 낮은 교수들은 농학 계열, 의학 계열, 간호학 계열 학생들을 가르쳤어요. 저는 의학 계열을 여러 해 동안 가르쳤어요.

의학 계열 학생들이 공부를 제일 안 해요. 큰일 없는

한 본과로 진학하기 때문에 의예과 2년은 팽팽 놀아요. 제일 가르치기 힘든 반인데, 어느 날 그 친구들이 낸 리포트를 봤더니 어처구니없는 실수가 여러 명에게서 반복적으로 등장하는 거예요. 한 친구 것을 베낀 거죠. 제가 여덟 명을 발견했어요. 수업을 끝내면서 칠판에 여덟 명의 이름을 쭉 적고 개별적으로 약속을 잡아 찾아오라고 했죠. 한 녀석씩 찾아왔어요. 증거를 들이댔더니 고개를 푹 숙이더라고요. 제가 그랬어요.

"내가 부정행위로 학교에 신고해 너를 본과에 진학하지 못하게 할 수도 있다. 서울대 의예과는 대한민국에서 1등 한 사람만 오는 곳이 아니냐. 너희들은 능력을 인정받은 사람들인데, 너희가 부정하게 살면 저 바깥에 있는 사람들은 어떻게 너희랑 경쟁하면서 살아야 하냐. 앞으로 의사로서 살아가며 오로지 정도만을 걷겠다고 내 눈을 보고 약속해라. 내가 네 인생을 쫓아다니며 그렇게 사는지 알 길은 없다. 하지만 적어도 네가 진심으로 나와 약속하는 것 같으면 이번 일은 없었던 일로 해주마."

그렇게 여덟 명 모두에게 약속을 받았어요. 이때 제가

추가로 했던 말이 "가진 자가 공정을 얘기하는 것 자체가 의미가 없다고 생각한다. 공정이라는 단어가 가진 자의 입에서 나오면 안 된다"라는 거였어요.

여덟 명 모두에게 약속을 받고 없었던 일로 처리했습니다. 세월이 좀 흘러서 여덟 명 중에 한 명이 제게 연락을 했더라고요. 종종 그때 얘기를 하면서 살아왔다고, 부끄러움 없이 살기 위해 굉장히 노력하고 있다고, 고맙다고 하면서 언제 한번 여덟 명이 찾아온다길래, 어디서 우연히 만나면 인사나 하자고 오지 말라 그랬어요.

하여간, 이번 축사는 제게 무척 뜻깊은 일이었습니다.

제 딴에는 자연도 이렇다는 얘기를 하고 싶었는데, 그런 얘기까지 확장할 시간적 여유가 없었습니다. 그렇다고 잘못 얘기하면 자연주의적 오류를 범하게 될지도 모르거든요. 자연이 이러니까 우리도 이래야 한다는 건 옳지 않죠. 당위성은 없다는 건데, 영어권 사람들이 이런데 되게 민감해요. 그럼에도 불구하고 '자연의 지혜'라는 것은 하루 이틀 새에 만들어진 게 아니잖아요. 오랜 진화의 역사를 거치면서 형성된 현상이기에, 거기서 얻는 지혜나 지식을 소중하게 생각하고 그것을 바탕으로 늘 자연 속에서 인간의 위치를 세심하게 들여다보면서 살아야 되지 않을까 싶습니다. 제가 자주 하는 얘깁니다.

제가 계속 '호모 심비우스'를 주장하고 "알면 사랑한다"라는 얘기를 하는 이유가 끊임없이 자연을 관찰하고 공부하면서 우리를 되돌아보는 노력을 게을리하지 말았으면 해서예요. 그런다고 특별히 어떻게 될지는 모르지만, 우리가 적어도 그런 노력은 해야 하는 게 아닐까요?

자연계에서 우리는 '가진 자'잖아요. 우리는 이미 어마어마한 영향력을 가지고 있는 존재이기 때문에 그야말로 발자국 하나까지 신경 쓰면서 내딛어야 해요. 곰도 막 걸어 다니는데, 인간이 걸어 다니는 것까지 시비 걸면 어떡하나, 하실 수도 있어요. 시비 걸어야 마땅하다는 게 제 주장입니다.

인간은 이미 한 발자국 한 발자국 조심스럽게 내딛어야 하는 막강한 존재가 되었어요. 그러니까, 이런 노력을 해야 자연과 올바른 관계를 맺을 수 있다고 생각합니다.

반갑습니다.

여러분 모두의 졸업을 축하드립니다. 수고 많으셨습니다.

그리고 무엇보다 이 영광스러운 자리에 저를 불러주셔서 정말 고맙습니다.

'성공은 성적순이 아니다'라는 사뭇 섭섭한 말이 있지요. 성적순이면 좋겠는데, 그렇죠? 다른 건 모르겠는데 서울대 졸업식 축사 자격만큼은 분명히 성적순이 아닌가봅니다. 저는 1970년대, 사실 생각해보면 참으로 치졸하고 이상한 제 2지망이라는 입시제도 덕택에 이 대학에 기어들어올 수 있었습니다. 수업 빼먹기를 밥 먹듯이 하다가 대학 4년을 거의 허송세월했습니다. 4학년이 되어서야 비로소 마지막 도피처가 유학일 수밖에 없다는 걸 깨달았습니다. 아시겠지만 외국 대학에서 장학금은 고사하고 입학 허가라도 받으려면 평점이 적어도 3.0은 되어야 하는데 그 당시 제 성적표에는 D, F가 수두룩했습니다. 단 한 대학이라도 허가를 내주면 무조건 달려간다는 마음으로 무려 스물여덟 개 대학에 눈물겨운 지원서를 보냈습니다. 그야말로 하느님이 보우하사,

두 군데에서 연락이 왔고 저는 그중 한 대학에 유학을 떠났습니다.

저는 미국 대학에서 학점 세탁에 화려하게 성공해 그야말로 개과천선한 사람입니다. 살다보니 저 같은 사람에게도 오늘 같은 이런 영광스러운 기회가 찾아오네요. 살아보니 인생 퍽 길군요.

얼마 전, 어느 신문사 기자가 저를 인터뷰하러 와서 참으로 민망하게도 제 인생을 쭉 훑어줬습니다. 말 그대로 물 건너 갔다던 동강댐 계획에 대해 당시 김대중 대통령께 호소하는 신문 기고문을 써서, 댐 건설을 삽질하기 직전 마지막 순간에 극적으로 백지화하는 데 성공하며, 졸지에 저는 환경운동연합 공동대표가 되어 이명박 정부의 대운하 4대강 사업에 항거하다 온갖 불공정한 핍박을 당했습니다.

어쩌다 호주제 폐지 운동에도 가담해 헌법재판소까지 불려가 과학자의 의견을 변론했는데 한 달 만에 헌법 위헌 판정이 내려지며 저는 남성으로는 최초로 '올해의 여성운동상'을 수상했습니다.

2012년에는 '제돌이야생방류시민위원회' 위원장으로 초대되어 제돌이와 그의 친구 돌고래들을 무사히 고향 제주 바다로 돌려보냈습니다. 시작할 때에는 엄청난 반대에 휘말렸지만, 이는 결국 우리가 잡아 가뒀던 동물을 우리 손으로 정중하게 야생으로 돌려보내는 우리 역사 최초의 사건으로 기록되며 동물복지의 새로운 이정표를 세웠다는 평가를 받았습니다.

최근에는 코로나19 팬데믹 와중에서 국무총리와 함께 일상회복 지원위원회 공동위원장을 맡아 K-방역이 세계의 칭송을 얻는 데 힘을 보탰습니다.

여기까지만 들으시면 제가 이 많은 사회 활동을 하느라 줄곧 학교 밖으로만 나돌았을 것처럼 생각하실지 모르지만, 저는 교수와 학자로서의 본분을 잊은 적이 결코 없습니다.

기후 및 생물다양성 위기를 맞으며 이제는 더할 수 없이 중요한 분야가 된 생태학을 이 땅에 뿌리내리게 하려고 국내 최초로 이 분야를 집중적으로 연구하고 가르칠 수 있는 '에코과학부'를 설립하기 위해 포근한 모교의 품을 떠나는 용단을 내려야 했고, 노무현 정부를 설득해 동양 최대 규모의 생태학 연구소인 국립생태원을 설립하고 초대 원장으로 봉사했습니다.

한편 동물의 행동과 생태에 관한 제 본연 분야의 연구를 게을리하지 않은 덕에 2019년 동물행동학 백과사전 『Encyclopedia of Animal Behavior』 출간 사업에 Editor Chief로 추대되어 전 세계 동료 연구자 600여명을 이끌고 거의 3천 페이지에 달하는 백과사전을 펴냈습니다. 비록 작은 과학 분야이지만 동료 연구자들로부터 리더로 추대받았다는 점에서 매우 가슴 뿌듯합니다.

돌이켜보면 왜 이 모든 걸 다 하느라 이렇게 기를 쓰고 살았을까 스스로 묻게 됩니다. 연구와 교육을 게을리하지 않으려고 안간힘을 다하면서도 왜 온갖 다양한 사회적 부름에 종종 제 목까지 내걸며 참여했을까요? 저는 태생적으로 상당히 비겁한 사람인데 왜 그럴 수 있었을까요?

그 이유를 곰곰이 생각하다 떠오른 단어가 하나 있습니다.

바로 양심입니다.

저는 우선 숨었습니다. 솔직히 다치고 싶지 않았습니다. 그러나 언제나 그놈의 양심을 어쩌지 못해 결국 나서고 말았습니다. 저는 오늘 여러 후배님들에게 제 마음속에 타고 있는 이 작은 양심의 촛불을 하나씩 나눠드리려 이 자리에 섰습니다.

오래 전 제가 이곳에서 교수로 지내던 어느 해, 의예과 학생들에게 일반 생물학을 가르치며 겪었던 일화를 소개하려 합니다. 숙제 검사를 하다 상당수의 학생이 누군가의 리포트를 그대로 베낀 걸 발견했습니다. 흔치 않은 타이포그래피가 반복되어 나타난 것입니다. 저는 모두 여덟 명의 학생을 찾아내어 개별 면담하며 다음과 같은 다짐을 받고 관용을 베풀었습니다.

"여러분은 대한민국 최고의 능력자들이다. 그런 자들이 부정한 방법으로 이득을 취하면 가진 것도 없고 머리에 든 것도 적은 저 바깥의 많은 사람들은 도대체 어떻게 이 험한 세상을 살아가야 하는가? 앞으로 의사가 되어, 아니 대한민국 국민의 한 사람으로서 오로지 정도만을 걷겠다고 나와 약속하면 이번 일은 없던 일로 해주겠다."

저는 그 여덟 명의 의예과 학생들이 지금 이 순간에도 오직 정도만을 걷고 있으리라 기대합니다. 저는 오늘 여러분에게도 똑같은 다짐을 받고 싶습니다. 물론 여러분은 부정을 저지르지 않았습니다. 온전히 여러분의 노력으로 정당하게 여기까지 왔습니다. 그럼에도 불구하고 저는 똑같은 당부를 드리려 합니다. 이 땅에서 가장 축복받은 여러분이 공정하게 살지 않으면 그렇지 않아도 여러분과의 경쟁에서 이기기 어려운 저 바깥에 있는 가진 것도 변변히 없고, 머리에 든 것도 많지 않은 대다수의 사람들은 이 험한 세상을 어찌 살아가야 할까요?

공정은 가진 자의 잣대로 재는 게 아닙니다.

재력, 권력, 매력을 가진 자는 함부로 공정을 말하면 안 됩니다.

가진 자들은 별 생각 없이 키 차이가 나는 사람들에게 똑같은 의자를 나눠주고 공정하다고 말합니다. 아닙니다. 그건 그저 공평에 지나지 않습니다. 키가 작은 이들에게는 더 높은 의자를 제공해야 비로소 이 세상이 공정하고 따뜻한 세상이 됩니다.

공평은 양심을 만나야 비로소 공정이 됩니다. 양심이 공평을 공정으로 승화시켜줍니다. 저는 모름지기 서울대인이라면 누구나 치졸한 공평 수준이 아니라 고결한 공정을 추구해야 한다고 생각합니다. 여러분의 선배들은 입으로는 번드레하게 공정을 말하지만 너무나 자주, 그대로 실행하지 않습니다. 하지만 여러분이 만들어갈 새로운 세상에서는 종종 무감각한, 때로는 뻔히 알면서도 모르는 척 밀어붙이는 불공정한 공평이 아니라 속 깊고 따뜻한 공정이 우리 사회의 표준이 되기를 기대합니다.

정확하게 1년 전 이 자리에서 수학자 허준이 교수님은, 인간이 80년을 건강하게 산다면 여러분은 인생의 약 3분의 1을 살았다고 계산하셨지만 제 계산은 조금 다릅니다. 여러분은 충만하게 100세 시대를 살아갈 첫 세대입니다. 그렇다면 여러분이 이제 기껏해야 인생의 4분의 1을 산 셈입니다. 앞으로 살아가야 할 날들이 엄청나게 많이 남아 있습니다. 인생 살아보니 길더군요. 앞으로 살아갈 4분의 3 인생 동안 여러분 각자에게 반짝, 하며 빛날 기회가 적어도 한두 차례는 올 겁니다.

하지만 조금 불편한 말씀 하나 드리렵니다.

미래학자들의 예측에 따르면 여러분은 적어도 직업을 대여섯 번 갈아타며 살 것이랍니다. 당연하겠지요. 머지 않은 미래에 정년 제도는 필연적으로 무너질 것이고, 그리 되면 일하고 사는 인생, 즉 노동 인생이 길면 70년이나 될 텐데, 어떻게 한 직장에서 버틸 수 있겠습니까?

여러분은 자타가 공인하는 이 나라 최고의 수재들입니다. '대서울대학교'의 졸업장을 거머쥐셨습니다. 취업 전선에서 완벽하게 유리한 고지를 점령하셨습니다. 축하드립니다. 그리고 그간의 노고에 경의를 표합니다.

하지만 거기까지입니다. 서울대 졸업장이 두 번째, 세 번째 직장을 얻을 때에도, 그리고 70대에 할 일을 찾을 때에도 지금처럼 막강한 힘을 발휘할 것이라고 생각하십니까? 천만의 말씀입니다.

여기까지입니다. 여러분은 앞으로도 쉼 없이 배우고 일하고 또 배우고 일해야 합니다. '융합의 세기' 21세기를 살아내려면 '통섭형 인재'가 되어야 합니다. 겸허한 자세로 평생 도전할 마음의 준비를 하십시오.

다시 한번 여러분의 졸업을 축하드리며, 이제부터 살아갈 4분의 3 인생도 지금처럼 치열하게, 그러나 사뭇 겸허하고 따뜻하게 사시기 바랍니다.

저는 제 동료들에 비해 출발이 많이 늦었습니다. 불공정한 지름길로 넘나들지 않고 주변과 손잡고 함께 천천히 걸었는데도 오늘 이런 자리까지 왔습니다. 인생 살아보니 참 기네요.

농민사상가 고 전우익 선생님은 일찍이 이렇게 말씀하셨지요.

"혼자만 잘 살면 무슨 재민겨?"

제가 평생토록 관찰한 자연에도 손잡지 않고 살아남은 생명은 없더군요.

'대서울대' 졸업생으로서 부디 혼자만 잘 살지 말고 모두 함께 잘 사는 세상을 이끌어주십시오. 우리들의 서울대학교는 그런 리더를 길러내는 대학이 되어야 합니다. 오로지 정도만을 걷는 공정하고 따뜻한 리더가 되십시오. 서울대인은 그런 리더가 될 수 있는 여유와 그래야 할 운명을 함께 타고 났습니다.

여러분 모두의 삶을 뜨겁게 응원하겠습니다.

고맙습니다.

— 2023년 서울대 하계 학위수여식 축사

저는 요즘 정체성의 혼란을 느끼고 있습니다. 저는 자연과학자입니다. 그런데 왜 자꾸 저를 인문학 강좌에서 부르는지 이해가 잘 안 됩니다. 아, 이거 큰일 났다, 생각하고 있습니다.

그런데 자연과학은 사실 인문학입니다. 이상하게 대한민국에서는 자연과학대학이 공대 근처에 붙어 있고 우리 사회에서 '과학기술'이라는 편한 말로 돌아다니며 마치 과학은 기술을 위한 형용사처럼 되어버렸어요. 그건 아니거든요.

인문학이 질문하는 학문이라면, 기술은 답을 찾아내는 분야입니다. 자연과학은 답을 찾아낸다기보다 오히려 질문하는 학문입니다. 오늘 이 짧은 강의를 통해 자연과학자가 인문학 강연에 서야 하는 이유를 궁극적으로 설득할 수 있으면 좋겠다는 생각을 해봅니다.

오늘 강의의 제목을 '생명, 그 아름다움에 대하여'라고 멋있게 붙여봤습니다. 자연과학자가 아름다움을 얘기하면 안 어울리는 것 같지만, 사실 자연처럼 아름다운 곳이 없잖아요. 이 세상에서 생물은 무생물보다 훨씬 아름다운 존재일 겁니다.

저는 어려서 시골에서 컸습니다. 자연의 품에서 노는 걸 너무너무 좋아했어요. 처음에는 생명의 아름다움을 한번 읊어보고 싶었습니다. 한때는 정말 미대에 가고 싶기도 했습니다. 조각가가 되어 생명의 모습을 깎아보는 것도 좋겠다는 생각이 들었습니다. 과학자로 살며 늘 한 발을 인문학에 집어넣고 질질 끌며 살았던 것 같아요. 대학에 다니면서 끝내 생물학자가 되겠다고 결심하게 된 순간, 저는 유학을 꿈꿨습니다. 유학을 가려면 자기소개서를 쓰게 돼 있습니다. 그 소개서에 제가 "나는 어려서 자연 속에서 놀았다. 그리고 자연을 시로 써보고 싶었다. 어느 순간에는 자연의 모습을 깎아보고 싶었다. 그런데 이제 나는 생명의 속살을 파헤치고 싶다. 그래서 생물학자가 되고 싶다"라고 상당히 멋있게 썼더라고요.

그래서 미국 유학을 가기 전 서울대 대학원 동물학과에 진학해서 처음으로 한 게, 그야말로 생명의 속살을 파헤치는 마우스 해부였습니다. 여기서 마우스는 여러분이 많이 알고 있는 그 컴퓨터 마우스가 아니고, 진짜 마우스mouse입니다. 쥐 해부를 하루에 꼬박 스무 마리씩 1년을 했습니다. 어마어마한 숫자의 쥐를 죽인 거죠.

그런데 그 일을 하면서, 생명을 연구한다고 했으면서 왜 계속 생명을 죽여야 하는지 늘 마음에 걸렸습니다. 그러거나 말거나 그 일을 계속하니까 제가 어마어마한 달인이 되더라고요. 얼마나 빨랐으면, 쥐 스무 마리의 경추를 단절시키고, 배를 알코올로 적신 다음 가위로 가르고 난소를 꺼내 배양액에 담는 데까지 3분이 안 걸렸습니다. 그 당시 관악산 서울대 교정에서 제가 소문난 백정이었습니다. 가정대학 학생들이 토끼를 죽여야 하면 다 제 방으로 들고 올 정도였어요.

그러던 어느 날, 제가 쥐를 죽이다가 한 마리를 놓쳤어요. 책상 밑으로 도망가는 바람에 아무리 잡으려 해도 못 잡겠더라고요. 포기하고 있었는데, 그다음 날 점심을 먹고 있으려니까 기어 나오더라고요. 그래서 잡았는데, 이미 호르몬 스케줄이 망가진 놈이라 사육실로 돌려보낼 수 없어 죽여서 처치해야 했어요. 실험실의 흰 쥐를 관악산에 풀어놓을 수는 없으니까요. 늘 하던 대로 경추를 절단내야 하는데 그 쥐의 꼬리를 잡고 벌벌 떨었습니다. 그 모습을 보고 있던 제 친구가 대신 죽여줬어요.

그 순간 저는 결심했습니다. "죽이는 일은 안 하고 싶다." 그래서 미국 유학을 가면서는 자연을 있는 그대로 연구하는 '생태학'을 전공하기로 했습니다.

그동안 생명에 대해 공부하면서 저 나름대로 깨달음을 얻은 게 하나 있는데요. 지구에 존재하는 모든 생명에게는 공통적으로 가지고 있는 속성이 하나 있습니다. 모든 생명은 반드시 이 속성을 가지고 있습니다. 바로 '죽음'입니다. 참 아이러니하죠.

적어도 지구에 태어난 생명은 반드시 죽습니다. 생명에게는 언제나 한계가 있어요. 생명의 한계성, 이게 생명의 가장 보편적인 특성이라고 생각합니다.

하지만 이 얘기를 조금 다른 각도에서 보면 무슨 일이 벌어지는지 아십니까?

시골 앞마당을 돌아다니며 모이도 쪼고 투닥거리며 싸움도 하고 짝짓기도 하고 알도 품는 '닭'이라는 생명의 주인은 '닭'이어야 할 것 같습니다, 그쵸? 내 생명의 주인이 나인 것처럼 말입니다. 하지만 어떻게 보면, 닭은 달걀이 더 많은 달걀을 만들어내기 위해서 제작해낸 기계일 수 있습니다. 닭이 달걀을 낳는 게 아니라 달걀이 닭을 만들어낸 다음에 더 많은 달걀을 만들어내라고 부추기고 있는 건지도 모른다는 겁니다. 제가 아닌 영국의 극작가 새뮤얼 버틀러Samuel Butler가 한 말입니다.

유전자의 관점에서 생명을 바라보자고요.

태초에 생명의 늪에서 우연치 않게 자기를 복제할 줄 알던 어떤 화학물질, 이게 DNA입니다. 최근에는 어쩌면 RNA일 수도 있다는 연구가 진행되고 있습니다. DNA 혹은 RNA 같은 유전물질은 허구한 날 자신과 똑같이 생긴 화학물질을 계속 복제하는 일을 합니다.

제가 어디서 왔습니까? 제 어머니와 아버지의 DNA가 합쳐져서 제가 태어난 겁니다. 제 어머니와 아버지는 각각 그들의 어머니와 아버지로부터 왔고요. 더 거슬러 올라가면, 그들의 어머니와 아버지, 그들의 어머니와 아버지, 그렇게 최초의 인간 어느 분. 그분은 침팬지와 굉장히 가까웠던 어느 공통 조상으로부터 나왔고, 또 거슬러 올라가다보면 그전의 누군가에게서 나왔을 겁니다. 태초부터 지금까지 생명 실험은 끊이지 않고 계속된 겁니다.

따지고 보면, 지구의 생명 역사는 DNA 혹은 RNA 일대기에 불과합니다. 태어나서 아직 죽지 않은 그 친구의 삶을 우리가 지금 보고 있는 겁니다. 우리는 얼마 있으면 한 줌의 흙으로 돌아갈 한계성을 지닌 개체지만, 우리를 만들어낸 DNA라는 유전물질은 계속 이어질 수 있다는 겁니다.

그렇다면 생명은 한계성도 지니지만, 영속성을 지닙니다. 한 번도 끊이지 않고 지금까지 계속 이어져 내려온 거죠. 이 영속성을 또 다른 각도에서 보면, 지금 지구에 존재하는 이 많은 생물은 전부 하나의 조상을 공유하고 있다는 거죠. 우리가 홀로 존재하는 게 아니라 나와 개미가, 나와 은행나무가 다 한 집안에서 왔다는 겁니다.

이 생각을 할 때마다 저는 늘 이런 감정을 갖습니다. 지금 우리 인간이 자행하고 있는 어마어마한 환경 파괴, 생명 파괴 현상은 결국 가족을 죽이는 일입니다. 누가 과연 우리 인간에게 이런 권리를 줬을까, 한 번쯤 심각하게 생각해봐야 합니다. 따지고 보면, 우리가 우리 생명 가족 중에 제일 막둥이입니다. 거의 제일 나중에 탄생했습니다. 그런데 조상님들이 살던 이곳을 우리가 지금 마구 유린하고 있는 겁니다.

생명은 시간적으로 그 옛날부터 지금까지 쭉 이어져 있지만, 사실 지금 이 순간, 공간적으로도 다 이어져 있다는 겁니다. DNA의 관점에서 볼 때, 인간이 성공해서 DNA를 많이 복제해주나 개미가 성공해서 DNA를 많이 복제해주나, 아니면 병원균이 창궐해서 DNA를 많이 복제해주나 아무 차이가 없습니다. DNA의 입장에서 보면, 모든 게 다 연결돼 있기 때문이죠. 생명은 이처럼 영속성과 더불어 연속성을 지닙니다.

근대 철학의 아버지라며 우리가 존경하는 데카르트 선생님. 제가 이렇게 얘기하면 철학 하시는 분들이 절 야단치실 것 같은데, 선생님이 굉장히 잽싼 분이었나봐요. 어느 날, 인간의 뇌를 해부하다가 '송과체pineal gland'가 발견됐습니다. 그러자 데카르트 선생님이 잽싸게 이렇게 말씀하셨어요.

"저 송과체를 봐라. 인간의 뇌에만 있지 않으냐. 인간의 뇌에만 있고 다른 동물의 뇌에는 없다. 그러므로 저 송과체가 영혼이 앉아 있는 자리다."

다시 말해서, 영혼이 앉아 있는 자리가 인간의 뇌에만 있으므로 그분의 삼단논법에 의하면 "인간만이 영혼을 가지고 있다"라는 겁니다. 데카르트는 인간이 다른 동물과 다르다는 얘기를 하고 싶었던 거죠. 이원론을 주장하시고 싶어서 저 말씀을 하신 건데, 제가 잽싼 분이었다고 폄하를 하는 이유는 선생님이 돌아가시기 전에 송과체가 온갖 동물에서 다 발견이 됩니다. 그런데 아무 말씀 없이 돌아가셨어요.

상당히 민망하셨을 것 같아요. 이원론을 주장하고 싶으셨지만, 아까 제가 설명해드린 대로 생명은 태초에 하나로부터 전부 갈려 나온 겁니다. 생명은 일원성을 지닙니다. 이 부분이 제가 평생 연구하고 있는 찰스 다윈이 우리에게 가르쳐준 가장 큰 교훈 중 하나입니다. 이 세상은 따로따로 만들어진 게 아니라, 모든 생명체가 진화의 과정을 거쳐 하나로부터 분화돼 나왔다는 얘기를 한 겁니다.

인간은 어쩌다보니 우연의 우연의 우연의 우연의 결과로 태어난 겁니다. 태초에 물속에 살던 물고기 중에 일부가 뭍으로 올라오면서 육지동물이 생겨났고, 그 육지동물 중 누구는 파충류가 되고, 누구는 조류가 되고, 누구는 포유류가 되고, 포유류 중에서 영장류로 진화한 친구들이 있고 그 영장류들이 가지를 치다가 그 가지의 어느 한 끝에 호모 사피엔스라는 동물이 태어난 것이지, 태초부터 인간을 태어나게 하기 위해 이 모든 생물이 존재했던 것은 절대 아니거든요.

여러분이 지금 이 순간 이곳에 있는 건 어마어마한 확률의 우연 덕입니다. 곱하고 곱하고 곱해서, 거의 있을 수 없는 일이 벌어진 겁니다. 그래서 생명은 우연의 결과물입니다.

찰스 다윈이 1859년에 『종의 기원』이라는 책을 냈는데요, 제일 유명한 문장 중 하나입니다.

"태초에 하나로부터 아름다운, 이 기가 막힌 형태들이 진화해왔고, 지금도 진화하고 있다."

다윈은 유전자의 존재를 전혀 모르던 사람입니다. DNA의 존재를 모르던 사람입니다. 그런데 논리적으로 지구상에 존재하는 모든 생물이 거슬러 올라가면 하나로부터 왔을 수밖에 없다는 것을 유추해낸 사람입니다.

다윈을 아무리 모른다고 해도 '적자생존'이란 말은 들어보셨죠? 적자생존의 영어 표현은 'survival of the fittest'

라는 최상급입니다. 그런데 저는 다윈 선생님이 실수하셨다고 생각합니다. 'the fittest'라고 하면, 최고로 적응 잘한 친구 하나만 살아남았다는 뜻입니다. 만약 우리말로 제대로 번역했다면, 그냥 적당히 적자생존이 아니고 '최적자생존'이라고 해야 맞는 겁니다. 그래도 우리나라에선 번역을 오히려 잘한 편이고요. 서양 사람들은 저 표현을 들을 때마다 1등이 아니면 죽는구나, 라고 생각할 수밖에 없을 겁니다. 하지만 이 세상이 1등만 남겨놓고 모두가 죽는 세상은 절대로 아니잖아요. 세상이 어려워지면 꼴등이 떨어져나가는 거죠. 꼴찌만 아니면 살아남을 가능성을 갖고 사는 거죠.

다윈 선생님이 이야기하신 또 하나의 사자성어가, 예, 다윈 선생님이 실제로 사자성어를 말씀하시지는 않았습니다, '생존투쟁'이죠. 많이 들어보셨잖아요. 생존투쟁은 피할 수 있는 게 아닙니다. 자원은 한정되어 있는데 자원을 원하는 존재들은 어마어마하게 많아서 경쟁할 수밖에 없습니다. 하지만 그 경쟁에서 이기는 방법이 반드시 남을 죽이고 남의 피를 빨아야만 되는 것이라고 설명하시지 않았습니다. 물론, 그것도 방법입니다. 하지만 다른 방법도 있다는 걸 다윈 선생님은 분명히 말씀하셨습니다.

저 같은 생물학자에게 자연계의 가장 위대한 성공 사례가 뭐냐고 물으면 열 명 중에 아홉 명이 이렇게 말합니다. 꽃을 피우는 식물과 그들을 방문해서 꽃가루를 옮겨주고 그 대가로 꿀을 얻는 곤충의 관계. 이게 왜 어마어마한 성공일까요?

자연계에서 가장 무거운 존재가 누구인지 아십니까? 무게로 가장 성공한 존재. 코끼리? 고래? 그렇게 생각하시면 지극히 동물적이십니다. 본인이 동물이라서 동물밖에 생각 못 하시는 거고요.

자연계의 모든 동물을 다 모아본들 식물의 무게에 비하면 그야말로 조족지혈입니다. 지구는 식물이 완벽하게 장악한 행성입니다. 무게로 가장 성공한 집단이 식물이고, 숫자로 가장 성공한 집단이 곤충입니다. 이 어마어마하게 성공한 두 집단이 만나 서로 잡아 죽여서 성공한 게 아니고, 손을 잡았다는 겁니다.

이렇게 대단한 경우가 있는데, 왜 우리는 이걸 연구하면서도 손잡고 가는 것에 인색할 수밖에 없게끔 살고 있을까? 이게 생물학자인 제가 '나는 누구냐?' '우리는 누구냐?' 하는 차원에서 던지는 질문입니다. 도대체 우리는 어쩌다가 이런 식으로 프로그래밍 되고 말았을까.

제가 최근 몇 년 동안 굉장히 열심히 생각하는 단어가 있습니다. 영어로 'coopetition'이라고 하는데요. 경쟁competiton이란 단어와 협력cooperation이란 단어의 합성어입니다. 경쟁하는 듯 협력하는 듯, 이런 뜻이죠.

두 마리의 나귀가 서로 건초를 먹겠다고 양쪽에서 잡아당기는데 힘이 비등하면 오랫동안 굶을 수 있어요. 그런데 철퍼덕 주저앉아서 한 마리가 "야, 네가 나보다 더 배고픈가보다. 네 배에서 꼬르륵 소리가 더 심한 거 보니까. 네가 먼저 먹어라. 그 대신, 너 먹고 난 다음에 나 꼭 먹게 해줘"라고 제안합니다. 이 계약이 성사된다면, 먼저 먹게 하고 자기가 먹는 게 훨씬 유리합니다.

그런데 우리는 일상에서 그렇게 하기보다 무조건 내

가 먼저 먹기 위해 팽팽하게 겨루며 삽니다. "왜 우리는 이렇게 살아야만 하는가?" 이것이 제 질문입니다.

제가 그래서 두루두루 여러 군데를 관찰해봤습니다. 물론, 생물학자니까 자연계도 관찰해야 하지만, 우리 인간 사회를 먼저 들여다봤어요. 참 재밌게도 기업에서는 벌써 이런 일이 활발하게 벌어지고 있더라고요. 아시아나항공 비행기를 타면 이런 멘트 나오죠. "우리는 스타얼라이언스Star Alliance의 멤버입니다." 그게 무슨 소리예요? 아시아나항공 마일리지로 에어차이나도 탈 수 있고, 때로는 루프트한자와 항로도 공유한다는 거죠. 분명히 다 경쟁하는 항공사들입니다. 하지만 때로는 손을 잡을 줄 안다는 거죠. 같이 손을 잡음으로써 아직 손잡고 있지 않은 다른 경쟁사들을 누르는 겁니다. 손을 잡는 자들이 성공하고 있다는 겁니다.

기업은 할 줄 아는데, 왜 우리는 못 할까? 제가 스포츠도 한번 들여다봤어요. 우리나라가 세계에서 압도적으로 잘하는 스포츠가 쇼트트랙이잖아요. 소치올림픽 때 기억하십니까? 1000미터인가요? 박승희 선수가 금메달을 따고, 심석희 선수가 동메달을 땄습니다. 우리 선수들이 탈 때 보면 일렬로 나란히 같이 타요. 셋 중 누가 먼저 치고 나가도 될 것 같은데, 같이 탑니다. 왜? 싹쓸이하려고 그러는 거잖아요. 다른 나라 선수가 아웃코너로 돌려고 하면 한 선수가 막고, 인코너로 파고들면 또 다른 선수가 막고. 셋이 같이 들어오려고 같이 타고 있는 거죠. 심석희 선수가 박승희 선수에게 "언니, 먼저 들어가세요" 하던가요? 아니죠. 저 친구들 피니시 라인에서 어떡합니까? 다 발 뻗잖아요. 내 발이 먼저 들어가야 되는 거 아니에요.

저는 바로 이 장면이 결국은 우리가 하고 있는 일이 아닌가, 하는 생각이 듭니다. 어떻게 경쟁과 협력이 기가 막히게 조화를 이루느냐, 이게 결국 우리의 삶 아닌가요? 매 순간 경쟁하며 사십니까? "아, 저 친구만 아니면 내가 이번에 과장이 될 텐데……." 그래서 그 친구가 저쪽 바라볼 때 뒤에서 칼로 목을 치면서, 그렇게 삽니까? 아닙니다. 우리 평소에 같이 삽니다. 어느 정도 돕고 삽니다. 그래도 마지막 순간엔 남들보다 내가 요만큼은 낫고 싶은 거죠. 그래서 그 순간에 우리가 남을 해치기도 하는 것 같아요.

저는 '환경과 인간'이라는 과목에서 대놓고 이걸 가르칩니다. 저는 오래 전부터 일찌감치 교수가 강의를 너무 많이 하면 학생들이 배우는 게 없다는 걸 깨달았습니다. 책에 다 있고 인터넷에 다 있는데, 뭐 하러 교수가 또 나서서 그 시간을 낭비하며 얘기하고 학생들은 받아 적었다가 시험에서 토해냅니까? 그런 일은 절대로 할 필요가 없다고 생각했습니다. 그래서 저는 거의 강의를 안 합니다. 강의 시간을 굉장히 많이 줄이고, 학생들로 하여금 스스로 배우게 만드는 수업을 만들어냈습니다. 저는 그 수업에서 학생들에게 대놓고 경쟁과 협력의 조화를 연습하도록 합니다.

"자, 내가 이번 수업 시간에 너희 모두를 비례대표로 뽑아줄게. 너네 다 국회의원이야. 그런데 보좌관 붙여줄 돈은 없다. 그러니까 너희가 의원도 하고 보좌관도 해라."

그러면 학생들이 자발적으로 자전거도로 개발 위원회, 자연사박물관 건립 위원회, 별별 걸 다 만들어요. 스스로 할 일을 만들고, 함께 연구하고 공부하면서 한 학기 수업을 같이합니다. 성적의 절반이 위원회 활동이거든요. 첫 시간에 이렇게 설명합니다.

"여러분에게는 옵션이 있다. 내가 이 위원회에서 제일 좋은 성적을 거두려면 경쟁해야 하는데, 그럼 내 경쟁자를 물리쳐야 할 것 아니냐. 그러니까 위원회 활동을 하면서 경쟁자를 수시로 제거해라. '쟤만 없으면 내가 A 받을 것 같은데…….' 그런데 그러다보면 위원회가 한꺼번에 폭삭 망하는 걸 경험하게 될 거다. 그건 방법이 아니라는 걸 금방 깨닫게 될 거다. 그럼 남은 방법은 하나밖에 없다. 학기 내내 잘 생각해봐라. 내가 친구들과 함께 우리 위원회를 최고의 위원회로 만들기 위해 있는 힘껏 일하면서도, 친구들이 잠시 쉴 때 한 발짝 더 나아가는 거다. 내 친구들이 잘 때 나는 깨어서 더 공부하는 거다.

결국 세상은 그렇게 해서 이기는 거지, 내 옆의 동료를 깔아뭉개면서 일어서는 게 아닐 거다. 그들과 함께 가면서 내가 그들보다 조금 더 노력하면, 마지막에 한 발짝 앞서서 내가 A+를 받고 내 친한 친구가 A를 받는 거다. 정 그 순간에도 양보하려면 해라. 그런 성인이 되려고 하는 건 난 못 말린다."

이런 얘기를 미국 MIT의 우디 플라워스Woodie Flowers 교수님이 아주 명확하게 설명하시더군요.

"전문인들이 사는 21세기에 진정한 전문인은 치열하게 공부하고 치열하게 일한다. 그냥 놀고먹으면서 성공하려는 사람은 없다. 하지만 그 과정에서 상대를 존경하고 따뜻하게 대하면서도, 치열하게 일하고 공부해서 이기는 거다."

어쩌면 20세기의 전문인은 야비하게 남을 짓밟으면서 성공했는지도 모릅니다. 하지만 21세기부터는 그런 사람들이 성공하는 게 아니라, 함께 가면서 더 열심히 일한 사람이 성공할 겁니다.

거의 25년 정도 되어갑니다. 우리 인간의 학명을 바꿔보자고 제가 우리 학계에 제안했습니다.

우리는 '호모 사피엔스'라고 스스로를 부르는데요. 학명을 붙일 때는 두 개를 붙이는데, 앞에 나오는 게 우리의 성 같은 겁니다. 이를테면 제가 최씨 집안사람인 것처럼 '호모'라는 속에 우리가 속해 있는 겁니다. 재천이 제 이름인 것처럼 뒤의 '사피엔스'가 인간의 이름입니다. 이 세상의 많은 생물이 한 속에서 여러 종으로 나뉘듯, '호모'라는 속에도 여러 종이 있어야 합니다. 그런데 참 신기한 것이 이놈의 호모속 안에는 이제 딱 한 종밖에 안 남았어요. 원래 손으로 도구를 잘 만들었다고 해서 '호모 하빌리스'가 있었고, 제대로 두 발로 일어섰다고 해서 '호모 에렉투스'가 있었어요. 얼마 전까지 유럽에서는 네안데르탈인도 살았어요. 그런데 호모 사피엔스는 자기와 비슷하게 생긴 놈들이 주변에서 얼쩡거리는 꼬락서니를 못 봐줍니다. 자연계에서 우리처럼 배타적인 동물은 처음 봅니다. 주변에 있는 비슷한 놈들을 몽땅 다 제거해버리고 혼자 살아남았습니다. 그래놓고 스스로 '현명한 인간'이라고 부르고 있습니다. 사피엔스가 'wise'라는 뜻입니다. 이렇게까지 자화자찬을 해도 되는 건지…….

현명하십니까? 현명하세요? 저는 동의 못하겠습니다. 죄송합니다.

객관적인 증거는 있습니다. 자연계에서 우리보다 탁월한 두뇌를 가진 동물은 아직 발견된 바 없습니다. 굉장히 똑똑한 동물임에 틀림 없습니다. 하지만 저는 헛똑똑하다고 생각합니다. 제 꾀에 넘어가는 아주 어리석은 동물이 우립니다. 우리가 진짜 현명했으면, 이렇게 미세먼지 만들어놓고 숨도 제대로 못 쉬며 살겠습니까? 모든 물을 다 더럽혀놓고 개울에서 물도 제대로 떠먹지 못하면서 현명하시다고요? 저는 동의 못 합니다. 그래서 저는 지금이라도 늦지 않았으니 자연계의 다른 생물과 공생하겠다는 뜻에서 '호모 심비우스Homo symbious'로 거듭나야 한다고 열심히 떠들어대고 삽니다.

옛날 동굴에서 살던 때로 돌아가서 이렇게 한번 생각해봅시다.

한 동굴에 어느 가족이 살고 있는데, 제일 연세 많은 할머니가 밤잠이 없으세요. 대개 어르신들이 잠귀가 굉장히 밝으시잖아요. 별도 달도 없는 칠흑같이 깜깜한 밤에 손주가 갑자기 화장실에 가고 싶어서 일어났어요. 동굴 밖으로 나갈 생각을 하니까 앞이 캄캄한 거죠. 시골에 살아본 분이면 그런 밤 기억나시죠? 문 열고 나갔는데, 눈앞이 전혀 안 보이는 그런 밤 있잖아요. 안 되겠다 싶어 돌아서서 동굴 더 깊이 들어갑니다. 그런데 할머니가 "어디 가냐?" 묻습니다. "예, 할머니. 화장실 갑니다" 그랬더니, 나가서 누고 오랍니다. 나갔다가 그 손주 못 돌아왔어요. 잡아먹혔어요. 그다음 날, 사냥을 나가려는데 할머니가 "웬 놈의 집구석이 이렇게 지저분하냐? 오늘 대청소하자" 하세요. 사냥을 가야 뭘 먹든 할 텐데, 대청소하느라고 쫄쫄 굶었어요.

조금 뒤쪽에 다른 동굴에 사는 집안이 있어요. 거긴 할아버지가 제일 어르신인데, 이분 성격이 아주 편안하십니다. 그래서 그 집안은 그저 부어라, 마셔라, 싸라, 맘대로 하고 삽니다. 동굴 여기저기에 음식 먹고 남은 것도 다 버려요. 이 할아버지도 코는 있으셔서 어느 날 "웬 집구석이 이렇게 냄새가 나냐?" 그러시더니 뒷짐 지고 마실 나갔다가 오후에 돌아오셔서는 "내가 좋은 동굴 하나 찾았다. 이사 가자" 말씀하세요. 그냥 가면 되잖아요. 이삿짐센터 부를 게 있어요? 그냥 일어나서 온 가족이 새로운 동굴로 가면 됩니다. 그때 남겨놓고 간 게 이른바 패총, 조개무지라고 고고학자들이 찾아내는 거잖아요.

어느 집안이 더 번성했을까요? 허구한 날 밤중에 나갔다가 손자 손녀들이 계속 죽어나가는 집안, 청소하며 주변 환경 보존하느라고 맨날 배곯고 사는 집안과, 자연에서 먹을 거 다 가져다 먹고 더럽히다가 너무 더럽다고 생각되면 새 동굴로 이사 가는 집안. 어느 집안이 더 잘 먹고 잘 살았을까요? 후자입니다. 여러분은 모두 그 후자 집안의 자손입니다. 전자는 자손을 못 남겨서 사라졌고요, 여러분은 몽땅 그 못된 집안의 자손입니다. 지금 지구에 존재하는 모든 인간은 전부 자연을 아낄 생각을 해본 적 없는 집안의 후손이라는 게 제 생각입니다.

하지만 이제 문제가 생겼습니다. 더 이상 옮겨갈 동굴이 없습니다. 우리나라 국토가 아무리 비좁아 이렇게 바글거리며 산다고 해서 우리 대통령님이 캐나다 정부에 전화해서 "우리가 내년에 이사 가겠습니다" 할 수 있나요? 말이 됩니까? 더 이상 갈 데가 없습니다. 지구는 완벽하게 포화 상태에 이르렀습니다. 이제는 이곳에서 우리가 함께 살아갈 방법을 찾아야 합니다.

그런데 불행하게도 그건 우리 유전자에 없습니다. 우리 본성이 아닙니다. 이건 우리가 배워서 실천할 수밖에 없는 겁니다. 열심히 배워야 하는 겁니다. 자연에 대해 배우고, 자연의 삶이라는 게 어떻게 진행되는지를 배워서 그 순리에 맞게 살아갈 방법을 새롭게 정립해야 합니다.

바로 그 자연의 순리를 연구하는 학문이 '생태학'입니다. 제가 몸담고 있는 학문입니다. 저는 제가 이런 학문을 택했다는 게 너무나 자랑스럽습니다. 이게 앞으로 우리가 살아가는 데 결정적으로 중요한 학문이 될 수밖에 없는 겁니다.

과연 우리 인간이 이 지구에서 얼마나 더 오래 살 수 있을까요?

우리 생물학자들은 가끔 부질없는 내기를 잘합니다. 이것도 내기했습니다. "우리는 얼마나 더 오래 살 수 있을까?" 지금 현생인류가 지구에 살아온 게 25만 년 정도 됩니다. 그래서 우리끼리 좀 구체적인 얘기를 해보자며 "앞으로 25만 년을 더 살 거다, 아니다"로 내기했어요. 그런데 이 내기의 결판을 볼 사람이 하나도 없습니다. 우리 중에 25만 년을 버틸 수 있는 친구가 아무도 없어요. 저는 '못 산다'에 걸었습니다. 저는 우리가 지금까지 살아온 만큼 절대 살지 못할 거라고 생각합니다. 우리는 스스로 갈 길을 재촉하는 어리석은 동물입니다. 스스로 자기의 수명을 재촉하는 동물입니다. 스스로 자기 삶의 터전을 망가뜨리면서 사는 이 동물, 도저히 오래 가리라고 저는 생각하기 어렵습니다.

그런데 제가 이런 생각을 해봤어요.

1953년은 제가 태어난 해인데요. 그해가 제임스 왓슨James Watson과 프랜시스 크릭Francis Crick이 DNA의 구조를 밝힌 해입니다. 2009년에 제임스 왓슨 교수님을 뵌 적이 있습니다. 왓슨 교수님이 제게 이런 얘기를 해주셨어요.

"인간은 DNA의 존재를 알아버린 유일한 동물이다."

이 세상의 모든 생물은 DNA가 뭔지 모릅니다. 다만, 우리는 그 존재를 알아버렸습니다. 제가 아까도 말씀드렸지만, DNA가 여태껏 꾸려온 그 일대기가 지구의 생명 역사입니다. 그 생명 역사의 끝자락에서 우리 인간이라는 존재가 그 비밀을 알아내고 말았습니다.

유전자의 관점에서 삶을 설명하다보면, 한 해에 한두 번씩 꼭 겪는 일이 있습니다. 수업이 끝나고 어떤 학생이 저를 찾아옵니다. 때로는 눈물을 흘리면서 제게 얘기합니다. 삶이 그렇게 허무한 거냐고, 내가 내 삶의 주인이 아니라 DNA라는 화학물질이 내 삶을 좌지우지하는 거냐고, 앞으로 어떻게 살아가야 하냐고. 하여간 그런 학생이 많이 찾아옵니다. 그럼 저는 이렇게 설명합니다.

"나도 그랬다. 처음 DNA의 존재에 대해 배우고 난 다음에 엄청난 허무주의에 빠져서 그야말로 목숨을 버릴 생각까지 한 적도 있었다. 내가 뭐 하러 사는가, DNA가 나를 다 조정하고 있는데……. 그런데 그 단계를 넘어서서 끊임없이 읽고 끊임없이 연구하고 끊임없이 공부하다 보니까, 어느 순간에 그 고개를 넘게 되더라."

넘고 나니 마음이 굉장히 편안해집니다. 어차피 제가 이 세상에 시인으로 태어난 것도 아니고요. DNA가 저를 만들어서 이 세상에 내놓은 겁니다. 제가 무엇을 한들 DNA의 손바닥 안에 있습니다. 기왕에 이렇게 된 거, 기가 막히게 한바탕 즐기고 가면 되는 것 아니겠습니까? 그게 DNA에게 끝내 도움이 되면 참 좋고요.

그렇게 생각하고 나니, 제가 꼭 뭘 이뤄야 한다는 강박관념도 사라져요. 그렇다고 포기할 이유도 없습니다. 왜? 제가 포기해도 DNA한테는 별 상관 없습니다. DNA는 또 다른 존재를 가지고 실험할 겁니다. 제가 절대로 크게 얘기하진 않는데, 혹시 불교에서 '해탈'이라는 건 이런 걸 가지고 말하는 건 아닌지, 가끔은 건방지게 혼자 생각해봅니다.

리처드 도킨스의 『이기적 유전자』를 보면, 모든 자연현상을 유전자의 관점에서 설명하면서도 아주 기 막힌 표현을 씁니다. "유전자의 폭력에 항거할 수 있는 게 인간이다"라고 얘기하거든요. 유전자가 모든 걸 다 장악하고 있는 것처럼 보이더라도, 이미 유전자의 존재를 알아버린 우리는 유전자가 폭력을 저지르는 것에 항거할 수 있다는 겁니다.

예를 들면, 인간은 유전자의 관점에서 원천적으로 이기적인 존재일 수밖에 없습니다. 그래서 자연을 착취하며 살았습니다. 하지만 조금만 더 현명하게 생각하면, 그냥 착취하는 것보다 자연과 손잡고 사는 게 유리하다는 걸 발견한 것도 인간입니다.

인간이라는 동물은 DNA의 존재까지도 알아버린 대단한 존재입니다. 우리를 빼놓고 이 세상에 그 어느 동물도 '앎'이라는 것을 제대로 추구하는 동물이 없습니다. 우리는 앎을 추구하게끔 허락받은 동물입니다. 우리는 끊임없이 새로운 걸 알아가는 과정을 겪으며 삽니다. 오늘 밤, 이렇게 많은 분들이 여기 모이신 이유도 새로운 걸 알아야겠다는 그 열망 때문 아닙니까?

'책'입니다, 제가 보기에는. 강연도 중요하지만, 책 안에 우리가 알고자 하는 인류의 모든 지식이 담겨 있습니다. 취미 독서만 하지 마세요. 요즘 출판업이 단군 이래 최대 불황이랍니다. 그런데 기껏 읽으시는 책은 마음을 비우고, 심지어는 머리를 비우기 위한 책이래요. 지식을 전달하라고 책을 만들어놨는데, 왜 머리를 비우세요? 그런 취미 독서만 하지 마시고 기획 독서를 하십시오. 내가 모르는 분야를 공략하셔야 합니다. 나는 분석철학에 대해 제대로 공부한 적이 없다, 나는 진화심리학이 뭔지 모른다, 나노과학이 뭘까. 공략하십시오.

모르는 책을 붙들었는데, 잘 넘어간다? 천하의 거짓말입니다. 안 읽힙니다. 하지만 그걸 붙들고 씨름하다보면 첫 책은 안 읽혀도 두 번째, 세 번째 책쯤 가면 신기하게 책장이 넘어가기 시작합니다. 그러면 어느덧 그 분야에 발을 들여놓으신 거예요. 그러고 난 다음엔 양자역학으로 건너가세요. 또 건너가세요. 이렇게 내 지식의 지평을 넓혀가는 겁니다. 그게 바로 인문학이 원하는 겁니다. 그렇게 이 나라 인문학의 지평이 넓어지면, 대한민국은 절대로 망할 리 없다고 저는 생각합니다. 이렇게 많은 분이 지식을 탐구하기 위해 모이는 이 나라, 복 받을 거라고 생각합니다.

오랜 시간 경청해주셔서 대단히 감사합니다.

2

이것이
호모 심비우스의
정신입니다

자연에서 우린 정말 많은 힌트를 얻습니다.

자연이 어떻게 하고 있는지를 잘 들여다보고
우리도 함께 살아가는 방법을 찾아내는 것.

이것 역시 호모 심비우스의 정신입니다.

강연 목록

개미에게 배우는 지혜
: 2015 아침마당 목요특강 / KBS

어느 생태학자의 고민
: 2013 공감의 시대, 왜 다윈인가 12강 / EBS

개미에게 배우는 지혜

개미는 아무리 파고 들어가도 새로운 게 끊임없이 쏟아져 나오는 아주 신기한 동물인데요. 개미 나라에서는 차세대 여왕개미가 될 공주개미들이 커나가다가 아지랑이가 올라오는 따뜻한 봄날이 되면 전부 날아 나갑니다. 다른 나라에서 날아오는 왕자개미들을 만나 공중에서 짝짓기를 하려는 건데, 짝짓기가 끝나면 왕자개미들은 그날로 다 세상을 하직하고 공주개미들은 왕자들에게 받은 정자를 몸 안 정자 주머니에 담아놓고 나라를 세우기 시작합니다.

개미 사회는 몽땅 여성들로 구성돼 있는 겁니다. 왕도 여성이고, 일개미도 여성입니다. 가끔 가다 아들을 낳아도, 그 아들은 순전히 다른 나라의 공주개미와 짝짓기시키기 위해서 잠시 길러주는 것뿐입니다. 이런 얘기 잘못 하면 남성 망신 도매상 차렸다고 하실지 모르지만, 개미 사회에서 수개미들은 전혀 도움이 안 됩니다. 아무리 오래 같이 지내도 빗자루 한 번 안 듭니다. 그냥 팽팽 놀고먹으면서 일개미들한테 밥이나 달라고 해서 먹다가 혼인비행 날 어느 공주개미 만나서 짝짓기 한 번 하고 그냥 죽습니다. 생각하면, 그것도 참 불쌍한 삶이에요.

개미는 워낙에 성공한 동물이라서 지구촌 어디를 가도 개미가 없는 곳은 찾아보기 힘듭니다. 지금 살고 계시는 아파트 집 안에도 개미가 들어와서 기어다니죠. 아마 북극, 남극, 바닷속을 빼놓고는 다 살 겁니다. 개미 사회는 이미 포화 상태에 이르렀기 때문에 짝짓기를 마친 공주개미들이 나라를 건설하겠다고 무작정 내렸다가는 그 동네 다른 개미 나라의 일개미들에게 잡혀가고 말 겁니다. 이른바 춘추전국시대인 거죠. 그 많은 나라가 다 성공할 리는 없습니다.

일이 이쯤 되니까, 여왕개미들은 동맹을 맺습니다. 한두 달 동안 다섯 마리의 일개미를 키운다고 한들, 다섯 마리만 데리고 주변 다른 나라들을 평정한다는 건 확률이 그리 높지 않거든요. 그런데 여러 여왕개미가 함께 살림을 차려서 짧은 시간 내에 한 여왕개미당 다섯 마리씩 키우면 네 마리만 모여도 스무 마리를 한꺼번에 키워낼 수 있죠. 그 스무 마리의 병력을 동원해서 다섯 마리밖에 없는 주변 국가들을 공격하는 거죠. 그렇게 살아남는 겁니다.

개미 사회에서는 이런 합종연횡이 굉장히 흔해요. 여왕개미들끼리 손잡는 일이 아주 비일비재합니다. 다만 문제는, 나중엔 여왕이 한 분만 남으셔야 해요. 한 나라의 통치자가 둘일 수는 없잖아요. 이건 인간 사회도 마찬가지고 동물 사회도 마찬가집니다. 통치자가 둘인 경우는 정말 드뭅니다. 그래서 천하를 평정하고 나면 서로를 숙청하는 피비린내 나는 정쟁이 벌어집니다.

이것도 개미 연구하는 사람들에게는 굉장히 흥미로운

주제죠. 개미 연구하는 사람들 사이에서 저는 개미 정치학자로 알려져 있어요. 여왕개미들간의 이런 정쟁을 주로 연구하게 됐거든요.

아즈텍개미는 해봐야 몇 밀리미터 안 되는 놈인데, 독종이에요. 많은 개미들이 땅속에 나라를 건설하는 데 반해 아즈텍개미는 나무 속에 집을 지어요. 트럼핏나무라고 속이 비어 있는 이상한 나무에 나라를 만듭니다. 나무라면 속이 꽉 차 있으면서 물관도 있고 체관도 있어야 하는데, 트럼핏나무는 어쩌자고 저렇게 속을 비웠어요? 세상에 저런 나무가 어디 있습니까?

있잖아요, 대나무. 전형적인 대나무의 모습이죠. 대나무가 왜 속이 비었는지를 연구하는 학자들이 있습니다. 그런 것도 연구하나 하시겠지만 굉장히 흥미로운 주제거든요. 남들은 속을 꽉 채워서 사는데, 대나무는 왜 속을 비웠을까? 굉장히 신기한 질문입니다. 아직 답을 못 찾았습니다. 그런데 트럼핏나무가 왜 속을 비웠는지는 저희가 찾았습니다.

개미에게 방을 마련해주기 위해서 비웠습니다. 에이,

식물이 생각할 줄 아는 것도 아니고, 방 만들어놓고 하숙 치는 것도 아닌데, 설마……. 제가 말씀드리는 것은 식물들이 생각을 해서 그렇다는 게 아니고요. 그 옛날, 진화의 과정에서 속이 빈 나무들이 개미가 입주하는 바람에 더 잘 살게 돼 속을 꽉 채운 나무들보다 더 많은 자손을 남겨서 오늘날 저런 식물이 생겨났다는 거죠.

이걸 이른바 '공진화'라고 합니다. 두 종이 서로 조율하면서 함께 진화한다는 겁니다. 개미가 혼자 진화하는 게 아니라 식물과 서로 조율하면서 서로에게 이득이 되며 함께 진화한 거죠.

마치 건너편 아파트 거실을 들여다보는 것 같습니다. 층마다 다 다른 집이에요. 다 다른 나라가 건설되는데, 제일 아랫집은 붉은색 여왕개미가, 제일 꼭대기 집에는 검은색 여왕개미 네 마리가 함께 사는 걸 발견했습니다. 제일 아랫집이 먼저 시작한 집이겠죠? 식물이 커가면서 위에 방이 하나씩 올라가니까. 우리도 아파트 지을 때 아래부터 위로 올라가면서 짓잖아요. 제일 먼저 시작한 아랫집은 여왕 혼자니까 일개미를 키워내는 숫자가 많지 않을 거고요. 제일 꼭대기 집은 자기네가 늦었다는 걸 인식했는지 네 마리가 같이 하는 겁니다. 어쩌면 늦게 시작했어도 네 마리의 여왕개미 집이 승리할 확률이 더 높은 거죠.

문제는 그 중간에 있던 집입니다. 중간 집에 검은색 개미 한 마리와 붉은색 개미 한 마리가 같이 있더라고요. 둘 다 여왕인데, 저는 처음 발견했을 때 한 집안에 검은 개미도 있고 붉은 개미도 있는 줄 알았어요. 그런데 조사를 해보니까 그게 아니더라고요. 둘이 다른 종입니다. 종이 전혀 다른데도 일단 천하를 평정하자고 한 살림을 차리는 겁니다.

자연계에 이런 예는 한 번도 밝혀진 적이 없습니다. 종이 다른데 번식을 같이 한다는 건 있을 수 없는 일이에요. 운 좋게 최초로 이런 걸 발견해서, 이런 일이 어떻게 벌어지는지를 연구했어요.

트럼핏나무를 세로로 쭉 자르고 유리를 붙여 연구해보려고 했는데, 나무가 죽더라고요. 이걸 어떻게 해야 하나 싶어 찾아낸 게 나무를 살려놓고 관찰하는 방법이었어요. 그래서 종이 뚫는 기구로 나무에 구멍을 냈어요. 벌써 여왕님들이 들어와 계세요. 누가 누군지를 알아야 관찰이 가능하니까, 여왕님들을 꺼내서 저희가 이름표를 달아줍니다. 등에 점을 찍어서 그 점의 조합으로 누가 누구인지 구별하는 거예요.

이때가 1980년대 중반입니다. 내시경이 개발되던 시절입니다. 지금은 우리가 병원에서 일상적으로 사용하지만, 저 당시만 해도 제가 공부하고 있던 하버드대학과 MIT 주변의 벤처 회사들이 그걸 만들어내고 있었어요. 제 친구가 유대인인데요. 유대인 참 대단하다고 생각하는 게, 저 같으면 그 기계는 생각도 못 했을 거고, 생각했어도 연구비가 없어서 살 꿈도 못 꿨을 거예요. 그런데 제 친구는 주변 벤처 회사에 두루 편지를 보내더라고요. "우리가 개미 연구를 통해 너희 제품을 평가해줄 테니 보내봐라" 하면서 편지를 쓰는데 옆에서 보면서 가관이라고 생각했어요. '이게 말이 되나.' 그런데 세 회사에서 자기네 제품을 보내오더라고요. 그래서 그걸 다 싸 짊어지고 인간의 흔적이 없는 정글에서 미지의 세계를 들여다본 겁니다.

한동안 아즈텍개미를 관찰하고 있는데, 광섬유 케이블이 조금만 구부리면 뚝뚝 끊어져요. 지금은 기술이 발달해 그렇지 않지만, 그 당시만 해도 몇 번 구부리다보면 불빛이 점점 희미해져서 잘 안 보이더라고요. 처음에 한 20~30개 받아갔는데, 어느 날 보니까 5~6개밖에 안 남았어요. 잘 안 보여서 저는 걱정만 하는 거죠. 이거 자꾸 부러져서 어떡하면 좋냐 했더니 그 친구는 또 편지를 쓰더라고요. 세 회사 제품을 비교한 표를 하나 만들어서 "너네 회사는 이런 면이 부족했고, 너네 회사는 이런 면이 부족했다"라고 써서 보내니까, 급행으로 배달해줘서 저희가 또 그걸 가지고 연구를 계속했습니다. 그 무렵이 Fedex 같은 택배 서비스가 시작되던 시절이었거든요. Fedex가 정글까지 배달해주는데 참 기가 막혔어요.

여왕개미들은 먹이를 찾아 직접 굴 바깥으로 나가지 않습니다. 나갔다가 잡아먹히면 그걸로 나라가 끝이거든요. 그래서 나라를 건설한다고 하면 제일 먼저 하는 일이 평소에는 날아다니기 위해 사용하던 날개를 끊어내는 일입니다. 날개 근육을 녹이고, 피하에 축적해놓은 지방질을 녹여서 자식을 먹여요. 그래서 일개미들이 바깥으로 나가기 시작할 무렵에 여왕개미를 잘못 건드리면 바스러져요. 속이 다 빈 거예요.

일개미들이 나가서 먹을 것을 찾아오게 되면, 그때부터 엄마인 여왕개미를 먹이기 시작합니다. 그러면 다시 몸을 추스르고 길면 십몇 년 동안 나라를 통치하게 되는 거죠.

동맹을 맺고 함께 자식을 키우는 여왕개미들은 "우리가 남이가" 하며 열심히 서로 돕는 거예요. 서로 너무너무 고마운 거죠. 드디어 일개미들이 충분히 만들어져서 천하를 평정하러 나가기 시작하면, 여왕개미들의 표정이 바뀝니다. 개미가 표정이 있겠어요? 그런데 제 눈엔 표정이 보입니다.

그때부터는 지금까지 나라를 건설하면서 같이 애써온 내 동료가 미워 죽겠어요. 일개미들이 가져온 음식을 축내니까요. 아까 제가 말씀드린 대로 그때부터는 단 한 마리의 여왕개미만 살아남아야 합니다. 그래서 서로 물고 죽이는 일이 시작됩니다. 몸을 잠시 잘못 틀면 큰일 납니다. 확 덤벼들어서 목을 물어뜯으면, 그냥 탁 잘려 나갑니다. 그러면 일개미들이 죽은 여왕개미는 바깥으로 내버리고 한 마리가 남을 때까지 피비린내 나는 정쟁이 계속됩니다.

제가 개미 연구하면서 유일하게 마음이 편하지 못하고, 편하지 못한 정도가 아니라 저릴 때가 이때입니다. 제가 연구한 이 아즈텍개미는 그나마 다행이에요. 여왕들이 직접 서로를 죽입니다. 제가 이걸 보고 다행이라고 얘기하는 게 이해가 안 되시겠지만, 동맹을 맺고 나라를 건설하는 개미들 중에 아즈텍개미를 빼놓고는 대부분의 다른 종들은 여왕들끼리 직접 싸우는 게 아니라 일개미들이 한 마리의 여왕개미만 남기고 나머지를 전부 숙청합니다.

이게 얼마나 이상한 일이냐면, 제가 말씀드렸잖아요. 다섯 마리의 여왕개미가 함께 알을 낳고 함께 있는 힘을 다해서 자기 몸을 녹여가며 키워냈다면, 그 일개미들 중에 몇 마리는 내 자식이라는 겁니다. 내 딸들입니다.

그런데 이 딸들이 모여서 무슨 모의를 하는지는 모르지만, 한 여왕만 옹립하기로 결정합니다. 어떻게 결정하는지는 저희가 아직 못 찾았습니다. 하지만 결정의 기준이 뭔지는 찾았습니다. 이 나라를 오래도록 지켜줄 여왕이 누군지를 찾아내는 겁니다. 대부분의 경우에는 가장 오래도록 알을 낳아줄 수 있는, 가장 알을 많이 가졌고 가장 건강한 여왕 한 분을 남겨놓고 나머지를 다 죽이는 겁니다.

그 얘기가 뭡니까? 어떤 딸들은 자기 엄마를 죽이는 일에 가담한다는 거죠. 개미 사회에는 엄마도 없습니다. 그냥 나라만 존재할 뿐이죠. 이 나라가 앞으로 성공해야 한다, 그것 하나 때문에 어떤 일개미들은 자기 엄마를 죽이는 일에 기꺼이 동참하는 겁니다. 그 장면을 볼 때는 이 연구 하고 싶지 않다는 생각이 들 정도로…… 지나칠 정도로 냉정하고, 지나칠 정도로 잔인하다는 느낌이 들어요.

그래서 어떻게 보면 아즈텍개미가 오히려 깔끔해요.

자기네들끼리 싸워서 한 마리만 남아 그 나라를 책임지고 가는 겁니다. 그것도 그렇게 좋은 건 아닙니다. 트럼핏나무가 커가면서 한 30미터쯤 크는데, 그 큰 나무에 딱 한 나라만 남는 거죠. 남은 한 나라의 여왕이 되기 위해서 이런 기가 막힌 과정을 다 거치는 겁니다.

제가 이런 연구를 하고 1994년에 서울대학의 교수로 돌아왔는데요, 동물행동학을 했다고 하니까 여기저기서 저보고 강연을 하라고 하더군요. 그런데 우리나라 청중은, 대학생도 마찬가지고 고등학생이나 일반인도 마찬가지입니다. 재미있는 동물 행동 얘기를 하면 다 좋아는 하세요. 중간에 웃기도 하시는데, 강연 끝나고 질문하라고 그러면 갑자기 조용해져요. 우리는 학교에서 받아 적는 훈련은 참 열심히 했는데, 질문하는 훈련을 참 못 받았어요. 그게 좀 안타까워요. 제가 미국에서 아이들을 가르칠 때는 거의 토론식 수업이었어요. 진도를 얼마나 나가느냐는 그렇게 중요하지 않았어요. 토론하면서 서로 이해하고 그랬는데, 한국에 돌아와서 강연을 하는데 아무리 질문하라고 해도 질문을 안 하니까 내가 강연을 잘

못 했나, 하는 생각이 들더라고요.

어느 날은 개미에 대해 강연하는데, 강연 중간에 손들이 막 올라오는 거예요. 내가 지금 다른 나라에 와 있나, 하는 생각도 들고 배달 민족은 왜 개미에 이렇게 열광하나 싶었어요. 그렇게 질문하는 것도 제겐 충격이었지만, 질문의 질이 장난이 아니었어요.

제일 첫 질문이 "개미 나라에 종교가 있나요?"였어요.

아니, 제가 명색이 개미 박사인데, 개미를 십몇 년 동안 연구했는데 단 한 번도 꿈에서도 개미 나라의 종교에 대해 생각해본 적이 없어요. 그다음 분이 또 손을 들더니 "개미와 인간이 대화할 수 있나요?" 이러세요. 아니, 저는 한 번도 생각해본 적이 없는 거예요. 어떻게 이렇게 창의력 충만한 질문들을 하나, 했어요.

강연이 끝나고 제가 너무 신기해서 물었어요. "어떻게 그런 질문을 하셨어요?" 그랬더니 베르나르 베르베르의 『개미』라는 소설을 읽고, 그 소설의 설정이 사실인지 저한테 확인하는 거였어요.

『개미』 읽어보셨어요? 『개미』는 베르나르 베르베르라

는 아주 탁월한 소설가의 작품인데 프랑스에서 먼저 나왔고, 우리말로도 번역이 됐어요. 프랑스에서보다 우리나라에서 더 많이 팔렸습니다. 1999년에는 미국에서 영어 책으로 번역이 됐습니다. 그런데 영어 책은 거의 안 팔렸습니다. 영어권에서는 안 팔려서 거의 품절된 책인데, 대한민국에서는 엄청나게 팔렸다? 이게 도대체 뭔 일인가요.

그다음부터는 개미 강연만 하면 손이 올라오는 게, 오히려 귀찮더라고요. 저는 무슨 질문을 할지 이제 다 알아요. 저도 그 소설을 읽었거든요. 정말 재밌게 잘 썼더라고요. 그런데 소설이니까 사실이 아닌 걸 굉장히 사실적으로 구상했을 텐데 그런 질문들이 계속 들어오니까, 저도 이제 답변하기 귀찮아서 진짜 개미 이야기를 썼습니다. 그게 『개미제국의 발견』입니다. 제가 우리말로 쓴 최초의 책이에요.

마크 트웨인이 이렇게 얘기한 적이 있어요.

"실화보다 더 재미있는 소설은 없다."

그래서인지 출판사에서, 너무 작은 글씨라 잘 안 보이

실 텐데 제목 밑에 '소설보다 더 재미있는 실제 개미 이야기'라고 써놨어요. 베르나르 베르베르의 『개미』가 벌써 수백만 부가 나가서 제 책도 수백만 부 이상 팔아보려고 했던 것 같은데……. 그렇게는 안 팔렸고요, 1999년에 나왔는데도 아직 쇄를 거듭하고 있습니다. 2012년에는 미국 존스홉킨스대학 출판부에서 제 책을 영어로 내줬어요. 『Secret Lives of Ants』라는 제목으로 지금 아마존에서 불티나게 팔리고 있어요. 거짓말이고요, 가끔 한두 권씩 팔리나봐요. 우리나라 출판사들은 책 제목만큼은 무조건 자기네들이 지어야 한다고 우깁니다. 그래야 책이 팔린답니다. '개미제국의 발견', 참 마음에 안 듭니다. 개미제국이 발견됐다는 건지, 개미제국이 뭘 발견했다는 건지, 도대체 이해가 안 되는데 미국도 마찬가지더라고요. Secret Lives of Ants. 개미들의 은밀한 삶. 뭐가 은밀해요, 제가 다 밝혔는데.

중요한 건 제 책이 베르나르 베르베르의 책보다 더 많이 팔렸다는 겁니다. 신기하지 않아요? 우리나라에서만 유독 개미에 관한 책이 팔리고 있다는 겁니다. 이럴 수가!

그러던 중 2006년에 이화여대에서 오라고 해서 학교를 옮겼어요. 이화여대 자연사박물관 관장 일을 하며 새로운 시도를 해보고 싶었습니다.

제가 이런 질문을 드리면 뭐라고 답변하실래요? 인간과 가장 비슷한 동물은 누구일까요?

인간과 가장 비슷한 동물은 영장류 중에서도 침팬지와 보노보입니다. 우리가 가지고 있는 유전자와 그들이 가지고 있는 유전자를 비교해봤더니 거의 99퍼센트가 똑같습니다. 자연계에서 이렇게 가까운 사촌은 찾아보기 힘듭니다. 굉장히 가까운 사촌입니다.

제인 구달 박사님이 아프리카에서 침팬지를 연구하신 지 어언 60년이 넘었습니다. 참 오래 연구하셨죠. 구달 박사님의 연구 덕택에 이제 우리가 침팬지에 대해서 상당히 많은 걸 압니다. 침팬지가 어떻게 살아가는지 알아요. 그런데 침팬지가 농사를 짓는다는 얘기는 못 들어보셨죠? 소나 양을 기르는 낙농업을 한다는 얘기도 못 들어보셨을 거고요. 자동차 조립 공장을 방불케 하는 분업

제도를 개발해서 노동력의 극대화를 이루고 있다는 얘기도 들어본 적 없으실 거고요. 대규모 전쟁을 일으켜서 조직적으로 상대 종족을 말살해버리는 잔인함을 보이는 것도 본 적 없고요. 노동력이 부족해지면 남의 나라로 쳐들어가서 작은 침팬지들을 잡아다가 노예로 부린다는 얘기도 못 들어보셨죠?

유전자의 차이는 1퍼센트 남짓인데 인간만 할 줄 알고 침팬지는 전혀 하지 않는 그런 행동. 그 모든 행동이 개미 사회에서는 다 벌어집니다. 개미는 농사를 지을 줄 알고 낙농업을 하고 대규모 전쟁도 일으키고 노동력이 부족하면 이웃 나라 개미들을 잡아다가 노예로 만들어서 부리기도 합니다. 그것도 부족해서 우리 인간만이 하는 것 같은 아주 고차원의 분업 제도를 개발한 동물이 개미입니다.

그래서 저더러 "이 세상에서 가장 인간과 비슷한 동물이 누구냐?"라고 하면, 저는 잠시도 머뭇거림 없이 "개미입니다"라고 대답합니다. 우리가 얼굴이 닮았다는 건 아니고, 하는 짓이 엄청나게 닮았다는 겁니다. 그래서 아까 제가 5~6백 명이나 되는 학자들이 매일같이 개미만 연구하는데도 전혀 지겹지 않다는 겁니다.

저는 개미와 인간이 이 지구를 양분하고 있는 두 지배자라는 얘기를 감히 하렵니다. 이 세상에 개미가 몇 마리나 살까? 제가 아까 말씀드린 대로 개미가 없는 곳이 거의 없어요. 과연 몇 마리나 사는지 참 궁금하긴 한데, 그걸 어떻게 셀까 고민이에요.

오래전에 영국의 개미 학자가 한번 세봤어요. 그걸 세다가는 제 명에 살긴 좀 힘들죠. 그분도 그걸 알아서 어떻게 했냐면, 자기 집에 있는 개미의 수를 세서 대충 이 세상에 있는 집 수로 곱하고 뒷동산에 올라가서 표본을 추출해 뒷동산에 있는 개미의 수와 이 세상 뒷동산 수를 곱해요. 곱하기 더하기 곱하기 더하기를 해서 계산을 했어요. 적어도 1경 마리는 될 거다. 1경이라는 게 10의 16제곱입니다. 0을 열여섯 개를 써야 그게 1경입니다.

이 계산이 틀린 걸 저희는 분명히 압니다. 그러나 아무도 세고 싶어하지 않습니다. 그 끔찍한 일을 해보고 싶지 않아서 틀린 줄 알면서도 저희가 적어도 1경은 되니까, 하고 받아주는데요. 무게를 비교해보면 개미와 우리 인간의 무게가 얼추 비슷하답니다.

솔직히 한 번쯤은 다 해보셨죠. 한 번쯤은 다 해보셨잖아요. 개미 죽이는 거. 개미는 우리 손톱 밑에서 죽어나가는 미물입니다. 하지만 그들이 얼마나 성공했으면, 우리가 다 모인 것보다 그들이 더 무거울지도 모른다는 겁니다. 개미는 이렇게 성공한 동물입니다.

개미가 어떻게 성공했을까. 온갖 비결을 다 열거할 수 있지만, 그 비결을 한마디로 얘기하라고 하면 저는 '협동'이라고 말하렵니다. 이 세상에 이런 수준의 협동을 할 줄 아는 동물이 인간, 개미, 흰개미, 꿀벌 정도입니다. 지구상에서 가장 성공한 동물을 꼽아라 하면 인간, 개미, 꿀벌, 흰개미 순입니다. 이 얘기가 뭡니까? 협동하는 자가 성공한다는 거죠.

그러면 우리가 질문을 뒤집어볼 필요가 있습니다. 협동이 그렇게 기가 막히면 왜 모두가 협동하지 않을까? 이 협동이 그렇게 좋으면 이 세상의 모든 동물이 다 협동하고 살아야 하잖아요. 그런데 그렇지 않잖아요. 협동을 할 줄 아는 동물이 몇 안 돼요. 그 이유가 뭘까요?

협동하려면 희생이 따릅니다. 누군가가 희생해야 협동이 가능한 거지, 다 몸 사리고 손해 안 보려고 하면 협동이 안 됩니다. 누군가가 팔을 걷어붙이고 나서야 다음 사람도 같이 하면, 그 협동이 다 끝나고 난 다음에 고주알미주알 따지면, 협동도 못 합니다. 분명히 더 많이 일한 사람이 있고, 별로 안 하고 옆에서 일하는 척만 한 사람도 있어요. 그럼에도 희생한 분들 덕에 협동이라는 게 가능해지는데, 이 희생이 어려운 거죠.

과연 우리 인간이 희생을 잘하는 동물일까요? 개미는 우리 인간에 비하면 기꺼이 희생하는 동물입니다.

'거북이개미'라고 우리나라에는 없는 개미인데, 머리에 쟁반 같은 것을 이고 있어요. 그렇게 태어나는 개미가 그 사회에 몇 마리 있어요. 그 개미들은 태어나면 뚜벅뚜벅 걸어서 굴 문 앞으로 가요. 굴 문을 쟁반같이 생긴 이마로 딱 막아요. 그러면 안 열립니다. 자기 동료 일개미들이 밖에 나가서 먹이를 찾아 돌아와서 그 이마 한

복판을 치면 우리 편이네, 하고 비켜줍니다. 다른 나라 일개미가 와서 아무리 두드려도 암호가 안 맞으면 절대로 안 열어줍니다. 보초 서는 개미입니다. 귀한 아들이 태어났는데, 군대 가기도 전에 당신 아들은 군 생활 내내 보초만 선다고 하면 받아들이실래요? 우리 아들이 뭐가 모자라서, 이러실 거 아니에요. 우린 저런 희생 못 합니다. 개미는 합니다.

제가 '꿀단지개미'라고 부르는 개미가 있는데요. 사막에 사는 개미 중에는 곤충이나 식물로부터 단물을 계속 채취해서 그걸 어디 저장해놨다가 급한 시절에 먹고 사는 개미가 있어요. 개미가 도자기 산업은 아직 개발을 못 했어요. 그래서 도자기 대신 살아 있는 단지가 만들어지는데요. 일개미 중 몇 마리가 굴 천장에 올라가서 물고 있으면 그 벌어진 틈으로 동료들이 계속 꿀을 넣어줍니다. 그러면 배가 한 100배가량 커져요. 그렇게 몇 달을 매달려 있다가 사는 게 어려워지면 다시 게워주는 겁니다. 우리 옛날에 배고픈 건 참아도 배 아픈 건 못 참는다는 말이 있죠. 그들도 눈이 있어서 매달린 상태로 밑을 봐요. 친구들은 빈둥거리고 노는 것 같아요. 그런데도 매달려서 불평 없이 저 희생을 한다는 겁니다.

'베짜기개미'도 있는데요. 국립생태원이 있는 충남 서천은 한산모시로 유명합니다. 한산모시관에 가보시면 베틀이 왔다 갔다 하면서 모시를 짭니다. 마치 그런 것처럼, 그 가는 개미의 허리를 뒤엣놈이 물고, 또 그놈의 허리를 그 뒤엣놈이 물고 한 다음에 이파리를 끌어당겨요. 잡아당겨서 바짝 가까이 끌어 붙이고는 애벌레가 고치를 틀기 위해 분비하는 실크를 가지고, 베틀이 왔다 갔다 하듯이 이파리들을 엮어서 방을 만들고 그 안에서 삽니다. 호주나 동남아시아 열대에 가보면, 베짜기개미 군락이 보통 나무 대여섯 그루를 통치하는데, 그런 방들이 100개 이상 공중에 매달려 있어요. 그중 어느 방에 여왕님이 사시고, 또 어느 방에는 먹이만 저장해놓는 거죠.

잡혀서 실크를 짜내고 있는 애벌레는 우리 식으로 말하면 앵벌이 나간 우리 아이들 얘기예요. 동물계에서 아동 착취를 하는 동물이 딱 둘입니다. 인간과 개미. 우리는 착취하고 그 아이가 죽어도 보살피지 않는 경우가 많지만, 저 개미들은 나라를 위해 충성한 저 애벌레들을 특수한 방에서 따로 키웁니다. 그 아이들은 사회보장을 받으면서 클 수 있도록 해놨습니다.

이런 개미들의 희생정신 때문에 한 마리만 놓고 보면 미약하지만 힘을 합하면 어마어마한 일을 해낼 수 있다는 겁니다.

다행히 우리 인간도 늘 잘하는 건 아니지만, 위험한 상황에 있을 때 내 한 몸 희생해서 내 주변을 살기 좋게 만들어보겠다고 생각할 줄 아는 동물이잖아요. 그래서 우리가 아름다운 동물이라고 저는 생각합니다.

제가 이제 이런 개미들을 전부 데려다가 전시를 할 겁니다. 지금은 일단 국내 개미로 시작했습니다. 하지만 제가 다음 달부터 열대 지방으로 개미 잡으러 갑니다. 가서 꿀단지개미, 베짜기개미 같은 개미들을 잡아올 거고요. 아마 스타 개미는 이 개미가 될 겁니다.

제가 '잎꾼개미'라고 이름 붙였습니다. 산에서 나무를 해오는 사람을 우리가 나무꾼이라고 하잖아요. 그런데 저 친구들은 이파리를 끊어옵니다. 그래서 제가 잎꾼개미라고 이름 붙였습니다. 중남미 열대에 가면 이 개미들이 이파리만 찰랑찰랑 움직이듯 걸어가요. 개미 색깔은 땅과 비슷해서 잘 안 보이고, 멀리서 보면 이파리만 찰랑찰랑 걸어갑니다. 이파리를 집에 가져와서 그걸 그냥 먹는 게 아니고요. 그 이파리를 잘게 썰어서 그 위에 버섯을 경작해 먹습니다.

지구상에서 농사를 지을 줄 아는 동물이 셋인데요. 인간, 개미, 흰개미. 우리 인간은 농사를 지은 지가 불과 만 년 정도 됩니다. 우리가 25만 년 정도를 살았는데, 농사를 지은 건 지난 만 년 남짓입니다. 잎꾼개미의 농장에서 길러지고 있는 버섯의 DNA를 추출해서 조사해봤더니, 6천만 년 동안 농사를 지은 것으로 드러났습니다. 농사 짓는, 잎을 끊고 물고 오는 전 과정을 제가 그대로 전시해드리겠습니다. 이거 못 보고 돌아가시면 아마 후회하실 겁니다.

개미는 또 온갖 다른 생물과 공생하고 삽니다.

금년에도 다들 벚꽃놀이 하셨죠? 벚꽃놀이만 하지 마시고, 벚꽃이 지고 난 다음에도 벚나무에게 눈길을 좀

주십시오. 벚꽃 필 때만 쳐다봐주시고 1년 내내 한 번도 안 쳐다보시잖아요. 벚나무는 꽃부터 먼저 피웁니다. 이파리가 나중에 나잖아요. 그런데 이파리 났을 때 한번 보세요. 이파리 밑동에 혹 두 개가 나 있어요. 거기 혀를 대보시면 달달합니다.

꽃 안에만 꿀샘이 있는 게 아니고, 식물 중에는 꽃 밖에도 꿀샘을 가진 식물들이 있습니다. 꽃 안에 있는 꿀샘은 벌과 나비를 위한 것이지만, 꽃 바깥에 있는 꿀샘은 오로지 개미를 위한 겁니다. 개미가 와서 그 꿀샘에서 단물을 채취하는데, 개미가 오르락내리락하기 시작하면 이 식물에 아무도 얼씬거리지 못합니다.

가장 잘 연구된 게 '쇠뿔아카시아'라는 열대 지방의 식물이에요. 그 아카시아는 뿔이 큰데 개미가 살도록 그 안을 비우고 살아요. 집만 주는 게 아니라 이파리 끝에 단백질이 풍부한 물질을 만들어서 매달아놓아요. 단백질과 탄수화물을 골고루 챙겨주니까, 개미가 받기만 하고 입 씻으면 안 되죠. 온갖 초식곤충을 다 잡아 죽입니다. 저희가 실험을 한번 해봤어요. 개미가 입주하지 않은 나무 옆에는 온갖 식물이 경쟁하며 같이 사는데, 개미를 입주시킨 아카시아는 변방 직경 5미터 내에 아무도 살지 못합니다. 주변에 있는 모든 식물을 뿌리부터 다 잘라내고 아카시아 혼자서 물 빨아당기고 햇빛 받으며 제일 먼저 크는 겁니다. 이들이 얼마나 오랫동안 공진화하면서 살았는지를 조사해보니까, 한 5천만 년 동안 이렇게 해왔다는 겁니다.

이 세상에 개미가 옮겨주지 않으면 발화하지 않는 식물이 수백 종입니다. 아주 대표적인 식물이 애기똥풀인데 아기가 약간 싼 것 같은 노란 액체가 나오죠. 애기똥풀의 씨앗을 보면 까만 씨앗 옆에 하얀 게 붙어 있어요. 개미 먹으라고 식물이 미리 만들어놓은 겁니다. 저는 그걸 개미씨밥이라고 이름 붙였는데, 그걸 가져다가 씨방은 전혀 건드리지 않은 채로 끊어 먹고 텃밭에 뿌려주면 거기서 이제 싹이 트는 겁니다.

개미는 굉장히 많은 식물과 이런 관계를 맺고 삽니다. 굉장히 이로운 동물이고, 온갖 동식물과 손잡고 살 줄 아는 동물입니다.

이제 마무리하겠습니다. 성경 말씀 「잠언」 6장 6절에서 솔로몬 대왕님이 우리를 꾸지람하시네요.

"게으른 자들아, 개미에게 가서 그가 하는 것을 보고 지혜를 얻으라."

제가 오늘 개미들의 지혜에 대해 이런저런 말씀을 드렸습니다. 제 생각에는 우리가 개미에게 배울 게 상당히 있어 보여요. 엄마를 숙청하는 것까지는 배우지 마시고요, 개미들의 희생 정신, 조직력, 협동, 의지, 이런 것들은 충분히 배울 만한 것들이에요.

솔로몬 대왕님이 개미에 대해 참 많이 알고 계셨나봐요. 그런데 솔로몬 대왕님보다 더 옛날 중국 사람들은 개미에 대해 뭔가 더 많이 알고 있었나봐요. 개미를 한자로 '의蟻'라고 쓰는데요. 의로울 의자에 곤충 충 부를 하나 붙여놨어요. 저 글자가 만들어진 게 적어도 3~4천 년 전일 텐데, 중국 사람들은 개미를 가리켜 의로운 곤충이라고 얘기했다는 거죠. 참 대단합니다.

저는 평생 개미를 연구하며 살았어요. 제가 멋지게 전시할 테니까 한번 구경 오십시오, 하는 말씀을 드리면서 오늘 제 강의를 마치려 합니다. 경청해주셔서 대단히 감사합니다.

닮은 듯 다른 진사회성 곤충의 세계

저는 흰개미가 어떻게 개미 못지않은, 어쩌면 개미보다도 더 복잡한 사회를 만들었는지, 그 진화를 연구해보고 싶었어요. 사실 흰개미 연구는 개미 연구에 비해 너무 힘들어서 못 한 거예요, 흰개미가 재미없어서가 아니라. 우리가 보는 가시광선을 불편해하는 곤충들은 붉은 등을 켜놓고 관찰하면 전혀 영향을 받지 않고 하던 짓 다 하거든요. 개미는 붉은 등 안 켜도 되고요. 실험실에서 못 나오게 미끄러운 것을 바르고 풀어놓으면 연구가 가능해요. 그런데 흰개미는 안 보여줘요. 흰개미는 실험실에서 기르면 통로를 안에서 벽지로 다 발라버려요. 들여다볼 수가 없죠.

제가 박사 학위를 시작한 1980년대 초가 내시경이 막 개발되던 시절이었는데요. 내시경을 가져다가 굴 안에 집어넣고 우리 내장 들여다보듯이 관찰했습니다. 그런데 초창기에는 광섬유 기술이 별로 좋지 않아서 잘 안 보였어요. 지금은 우리 내장 안을 환히 보잖아요. 그땐 그게 잘 안 돼서, 봐도 겨우 두세 마리 보이는 정도라 연구가 안 되는 거예요. 그래서 흰개미는 상대적으로 뒤처졌어요. 꿀벌은 유럽에서 개미보다도 먼저 연구를 시작했기 때문에 그 나름대로 굉장히 많은 걸 우리가 알고 있는데, 흰개미는 연구가 거의 안 돼 있었어요.

그 무렵에 진행된 흥미로운 연구가 '사회성 곤충으로 개미, 꿀벌, 말벌, 흰개미가 전부일까?'예요. 사람은 계속 이게 전부일 리는 없다, 다른 곤충에서도 찾아볼 수 있을 거다, 하는 거죠. 그래서 우리가 사회적 특성을 갖기 직전의 것들, 자기 새끼를 보호하는 딱정벌레같이 고도로 조직화된 사회로 가기 직전의 모습을 보이는 것들을 들여다보기 시작했어요.

제가 그때 코넬과 하버드를 저울질했었는데, 만약 하버드에 가지 않고 코넬에 갔다면 아마 저는 그런 곤충들을 연구했을 거예요. 그 당시 코넬대학교에는 사회성 진화의 초기 단계에 있는 곤충들을 연구하시던 조지 아이퀴트George Eickwort 교수님이 계셨거든요.

하여간, 그러다가 그런 동물을 정말 발견하기 시작했어요. 일본 학자가 진딧물에서 발견한 거예요. 진딧물 중에서도 등껍질이 딱딱한 진딧물을 발견한 거죠. 관찰했더니, 나무 혹 속에 살면서 위험을 느끼면 구멍으로 먼저 나와 적과 싸우는 일종의 병정진딧물이 있는 거예요. 그래서 한바탕 난리가 나고, 새우에서도 그런 게 또 발견이 되고, 심지어는 포유류에서도 발견이 됐어요.

제가 미시간대학에 있을 때는 리처드 알렉산더 교수가 애리조나대학에서 강연하며 땅속에 사는 설치류 중 개미처럼 사는 동물이 없을까, 라는 질문을 한 거예요.

"한번 생각해봐라. 굴에서 살고 여러 생태적 조건들이 비슷하면 그런 진화가 꼭 곤충에게서만 일어나야 한다는 법은 없다."

그런데 그 강연장에 있던 포유류를 연구하는 교수가 손을 들더니, 뒤져볼 동물이 있다고 하는 거예요. "아프리카에 가면 털 없는 쥐, 벌거숭이두더지Naked mole-rat가 있는데, 교수님이 얘기하는 그런 속성을 그 동물이 갖고 있을 가능성이 높다." 그래서 리처드 알렉산더가 요하네스버그대학에서 그 두더지를 연구하는 교수에게 편지를 보낸 거예요. 그 양반은 그 동물이 굴속에 사는 동물이니까 실험실을 어두컴컴하게 해놓고 그 동물의 생리를 연구하던 사람이에요. 한 번도 사회성에 대해 생각해본 적이 없는 거죠. 편지를 받고 들여다보니까 그들 중 한 마리만 새끼를 낳는 거예요. 여왕이 있다는 걸 발견한 거지요. 그래서 그 동물도 이른바 진사회성 동물eusocial animal이라는 게 밝혀지고, 여기저기에서 그런 놈들이 연달아 발견이 됩니다.

그런 와중에 저는 흰개미의 진화를 밝혀보겠다고 덤빈 겁니다. 저는 민벌레가 흰개미의 가장 가까운 사촌이라고 믿었거든요. 여러 가지 분류학적 증거도 그렇고, 흰개미처럼 날개가 달린 놈이 있고 날개가 없는 놈이 있고, 날개를 끊어내고 사는 놈도 있는 데다 나무껍질 밑처럼 어두컴컴한 곳에 사니까 저는 거의 확신했어요. 그때는 아직 형태로 종 분류를 하던 시절이에요. 그러다가 DNA로 종을 분류하는 분야가 태동합니다.

저는 실험실에서 연구하는 게 너무 싫어서 버텼는데, 제 동료들은 발빠르게 DNA 연구에 뛰어들더군요. 시간이 가면서 흰개미가 점점 다른 방향으로 묶이기 시작하더니 십몇 년 전에 DNA 분석이 깔끔하게 돼서 우리가 이제는 압니다. 흰개미는 바퀴벌레입니다. 흰개미는 우리가 집에서 보는 바퀴벌레의 사촌이에요. 고도의 사회를 구성하고 사는 바퀴벌레입니다. 그래서 저는 엉뚱한 걸 연구한 셈이죠. 결국 흰개미의 진화를 밝히는 연구는 실패했어요.

그런데 그 무렵이 다윈의 성선택 이론을 연구하는 분야가 폭발적으로 커지기 시작한 때였어요. 다윈의 자연선택 이론은 굉장히 많이 연구되었지만, 다윈의 성선택 이론은 거의 100년 가까이 연구되지 않다가 1960년대 여성운동의 바람이 불던 사회의 분위기가 학계에 영향을 미치는 아주 묘한 일이 벌어지면서 활발하게 진행되기 시작했어요.

그런데 제가 아무도 들여다보지 않던 그 작은 곤충을 매일 들여다보니까 짝짓기 하는 것을 너무 많이 보게 되었고, 결국은 사회성 진화를 연구하겠다고 시작한 프로젝트가 끝나고 보니 60퍼센트 정도는 성선택 연구였더라고요. 그게 제게는 결코 손해가 아니었던 게, 새로 붐이 일어나는 이슈의 한복판에 들어가게 된 겁니다. 윌슨 교수님 연구실에는 성선택을 연구하는 사람이 전혀 없어 혼자 고군분투하기는 했지만, 그 덕에 더 단단해진 면도 있었겠지요.

우리가 이제는 웬만큼 다 아니까 비교가 가능한데, 기본적으로 굴속에 살고 기어다니는 놈들이라 흰개미나 개미는 비슷한 면이 많아요.

그런데 꿀벌은 많이 달라요. 꿀벌은 기는 게 아니라 날아다니는 곤충이잖아요. 개미도 여왕개미나 수개미는 한 번 날기도 하지만, 기본적으로 나는 걸 포기한 곤충이에요. 흰개미에 대한 연구가 제법 많이 되고 나서 보니까, 형태나 전체적인 진화로 보면 개미와 꿀벌이 더 가깝지만 사회성 진화의 차원에서 보면 오히려 개미와 흰개미가 더 비슷한 구조의 사회를 이루고 사회 행동도 비슷해요. 꿀벌이 오히려 많이 달라요. 제일 다른 점은 하나는 날아다니고 하나는 기어 다니는 거예요. 꼼꼼히 들여다보면 그것뿐만 아니라 개미나 흰개미는 하는데 꿀벌은 하지 않는, 또는 개미나 흰개미는 하지 않는데 꿀벌만 하는 흥미로운 차이점들이 있어요.

물론 벌들도 개미만큼 대대적으로 하는 건 아니어도 전쟁을 하고, 개미 못지않게 세분화된 분업을 합니다. 농업을 하느냐고 질문하면 모든 개미가 농업을 하지는 않지만, 제가 국립생태원에 끌어다놓은 잎꾼개미처럼 경작하는 개미가 있고, 벌은 어떤 의미에서 보면 우리가 농업하는 데 합류해서 서로 상부상조하는 거죠. 우리 농업의 동반자일 뿐, 꿀벌 스스로 농업을 하는 경우는 없어요. 흰개미 중에는 버섯을 기르는 흰개미가 있어요.

제일 재미있는 차이점은 '후대에 어떻게 유산을 물려주느냐'라고 생각해요. 개미는 유산을 물려주지 않아요. 개미는 자기 자식이 어디 가서 어떤 성공을 하는지 전혀 모릅니다. 어느 날 수개미와 공주개미를 잔뜩 날려보내고 나면 여왕개미는 내가 자식 농사에 성공했는지 아닌지를 가늠할 방법이 전혀 없습니다. 내 아들딸들이 짝짓기에 성공했는지, 어디에 나라를 세웠는지 알 길이 전혀 없어요. 그래서 개미는 되게 깔끔해요. 그냥 최선을 다해 살고, 최선을 다해 자식을 길러서 사회에 내보내는 거예요. 그다음에는 모르는 거고, 그들은 그들대로 삽니다. 이게 인간 사회와 참 많이 다르잖아요. 우리는 결혼시켜 놓고도 김치 해다가 며느리 없을 때 몰래 가서 냉장고에 넣어놔야 하는데, 개미는 깔끔하게 그런 게 없어요.

그런데 꿀벌은 확실하게 물려줍니다. 딸들이 혼인비행 하러 나가면, 그날 수컷 여러 마리와 짝짓기를 해야 하거든요. 정자를 잔뜩 모아야 하기 때문에 그날만큼은 최대한 많은 수컷을 상대해야 합니다. 그렇게 혼인비행을 마친 딸이 집에 돌아오면 엄마가 집을 내줍니다. 자기 집을 내주고 자기를 따를 일벌의 절반을 데리고 나갑니다. 그게 분봉이에요.

분봉 때 보면 나뭇가지에 벌들이 잔뜩 매달려 있잖아요. 그게 엄마 여왕벌이 하는 일이에요. 사회 경험도 없는 딸이 집을 마련하고 나라를 건설하는 게 얼마나 힘든 일이에요. 그러니까 엄마가 당신의 나라를 딸에게 물려주고 경험이 있는 당신은 일벌의 절반을 데리고 나가서 새로운 터전을 발견하고 또 시작하는 거예요. 우리는 기껏 결혼시키고 아파트 전세 구해주는 수준까지 하잖아요. 여왕벌께서는 당신이 살던 아파트를 딸에게 아예 내어주고 당신이 길바닥으로 나갑니다. 굉장하죠. 그러니까 이건 당신의 유산이 어떻게 물려지느냐를 스스로 확실하게 아는 시스템인 겁니다. 제가 보기에는 그게 개미나 흰개미와 꿀벌의 굉장히 다른 차이점인 것 같아요.

그런가 하면, 말벌은 또 달라요. 꿀벌과 말벌은 진화적으로 아주 가깝지만, 말벌은 젊은 처자들끼리 뭉쳐요. 뭉쳐서 같이 집 만들고 나라를 건설하는 와중에 가장 막강한 암컷 하나가 여왕이 돼요. 권력 다툼을 하면서 제일 막강한 누군가가 등극하고, 나머지 친구들은 하녀 역할을 수행해요. 그러다가 시간이 지나서 그 암컷의 자손들이 태어나 나라를 구성할 즈음이면 이전에 함께 나라를 구성했던 암컷들은 수명을 다하고 죽는 거죠. 그렇게 또 새로운 나라들이 만들어지는 겁니다.

그러니까 이게 어느 한 방향으로만 진화한 게 아니라 상당히 여러 방향으로 창의적으로 진화했어요. 개미나 꿀벌의 사회성을 '진사회성eusociality'이라고 부르거든요. 누군가가 홀로 번식하고 사회의 다른 구성원들은 번식을 포기한 채 그 한 존재의 번식을 돕는 형태로 진화하는 걸 진사회성이라고 불러요. 사회성의 진화로 보면, 우리는 엄밀한 의미에서 진사회성에 도달하지 못한 사회성을 가지고 있는 거죠.

유럽의 역사를 이런 차원에서 전부 재분석해보면, 봉건 군주가 여러 여성을 거느리고 거기서 태어난 아이들을 시녀들이 데리고 마을로 내려가잖아요. 그러고는 마을에 있는 여성들의 젖을 빼앗아요. 마을의 평민 여성들은 자기 아이가 있는데도 자기 아이 먹일 젖을 군주한테 빼앗기는 건데, 어떻게 보면 착취인 거죠. 그런 식으로 인류의 역사를 분석해보면 여왕벌이나 여왕개미가 홀로 다 차지하는 수준만큼은 아니래도 가진 자들의 번식 착취가 존재했지만, 우리는 번식이 생리적으로 완전히 불가능한 동물은 아니라서 진사회성이라고 하지는 못하는 겁니다. 그런데 개미나 흰개미, 꿀벌, 그리고 일부 말벌은 진사회성으로 진화했다고 보는 거예요.

제가 지금 짧게 설명을 드렸지만, 들으면서도 되게 재밌잖아요. 하여간 저는 평생 정말 재밌는 연구를 하고 살았다는 생각이 들어요. 우리 인간의 삶과도 계속 비교하게 되고, 관찰하면서도 이 곤충은 이 동물은 어떻게 이런 식으로 진화했을지, 우리는 왜 이렇게 진화하지 못했는지 고찰하는 게 되게 재밌어요.

제가 박사 학위를 마칠 무렵에 프린스턴대학 출판부의 편집장님이 전화를 하셨어요. 그 당시는 팩스나 이메일이 없던 시대라 주로 전화를 했는데, 저는 좀 당황스럽더라고요. 물리학을 하시다가 생태학으로 건너오셔서 수리생태학을 하신 분이 계셨어요. 대개 생물학을 하는 사람들이 수학에 약한데, 자연계의 시스템을 수학적으로 정리하면 상당히 깔끔하게 보인다는 거죠. 프린스턴대학의 물리학과 교수였는데, 어느 날 생물학 하는 사람들이 수학을 못해서 낑낑대는 게 우습게 보였나봐요. 그래서 그분이 “내가 쉬는 시간에 좀 해줄게” 하는 식으로 풀어주셨어요. 그분에게는 산수 수준인 수학을 끄적대도 우리는 그냥 놀라는 거예요. 로버트 메이Robert May라고 지금은 옥스퍼드에 계신데, 그분의 사모님이 프린스턴대학 출판부의 편집장을 하고 계셨어요. 그 사모님이 제게 전화를 하신 거예요.

“굉장히 흥미로운 박사 학위논문을 썼다고 들었다.”

제가 박사학위 논문으로 미국곤충학회의 젊은 과학자상을 받았거든요. 제가 연구하기 전에 민벌레라는 곤충에 대해 알고 있는 인류의 지식이 곤충학 교과서 한 페이지 정도였어요. 그래도 제가 그걸 100페이지 넘는 논문으로 부풀려서 사람들의 기대감이 커진 거죠. 그래서 미국 곤충학회에서 1990년에 제게 젊은 과학자상을 주고, 7백 명 정도가 참여한 학회에서 수상자로서 특강을 하게 된 거예요.

그런데 제가 좀 재미있게 한답시고 시작하기 전에 민벌레를 실제로 보신 분은 손 한번 들어달라고 했어요. 7백 명 중에 딱 두 명 있더라고요. 전부 곤충 연구해서 밥 벌어먹고 사는 곤충 전문가들인데, 딱 두 명인 겁니다. 그 정도로 희귀한 곤충을 연구해서 하버드대학에서 박사 학위를 받았다고 하니까, 그 연구 내용이 중요한 게 아니라 그것 자체가 뉴스거리였던 거예요. 제가 페트리 접시 안에 민벌레 기르는 환경을 만들어서 가져왔어요. 제가 이걸 돌릴 테니까 다들 구경하라고 했어요. 거기에 있던 분들은 세상에서 제일 희귀한 곤충 중 하나를 제 강연장에서 처음 보는 거죠. 그랬더니 제 강의는 안 듣고 그걸 보면서 다들 웅성웅성하는 겁니다.

아마 그 현장에 계셨던 모양인데, 책을 내자고 하시더라고요. 그래서 가만히 머릿속으로 계산을 해봤어요. 박사 학위 논문이야 글씨가 굵직굵직하잖아요. 그걸 책으로 만들면 제 생각에 한 20페이지 정도 나오지 않을까 싶어서 "20페이지짜리 책도 내시나요?" 했더니 "아니, 20페이지 책 같은 건 안 내죠" 그러시더라고요. "다 정리하면 제 생각에 20페이지 정도로 정리될 것 같다. 그러면 책의 한 챕터 정도는 나올 것 같지만, 단행본으로는 어려울 것 같다"라고 했더니, 그분도 약간 실망하신 거죠.

기왕에 전화했으니까 이것저것 물어보셔서 민벌레 얘기를 하다가 이상한 일이 벌어진 거예요. 그 무렵이 제가 미시간대학으로 옮겨가는 게 거의 확실해진 시절이었어요. 미시간대학과 프린스턴대학에 있는 교수 둘이서 포유류와 새를 진사회성 관점에서 보면 재미있는 번식 구조 같은 것이 보인다며 함께 책을 냈어요. 프린스턴대학 출판부에서 나왔는데, 얘기를 하다보니 그 책 얘기로 은근히 흐르면서 제가 이제 말을 잘못 한 거죠.

"각각의 곤충에서 그런 사회성 내지는 번식 구조들이 어떻게 진화하고 있는지를 쭉 정리하면 그 책의 곤충 버전 같은 걸 만드는 건 별로 어렵지 않다."

전화로 괜히 주저리주저리 하다가 낚인 거예요, 말하

자면. 주변에 상의를 좀 해봤더니, 다 말리죠. 그때는 논문을 열심히 내서 논문의 숫자를 어느 정도 확보한 다음에 교수 자리를 얻는 전략을 써야 하는데, 그때 책을 쓰는 놈이 어디 있냐고 해서 제가 "아무리 생각해도 시기적으로 저한테 좋은 것 같지 않다"라고 편지를 드렸습니다. 그런데 이분이 쉽사리 놓아주지 않으시더라고요. 결국은 말려들어서 하버드에 있을 때 기획하고, 미시간에서 이 작업을 했습니다.

이후에 그분의 낭군께서 옥스퍼드대학으로 옮기셔서 같이 가셨어요. 옥스퍼드대학 출판부의 편집장이 되셨는데, 옥스퍼드대학에서 평가를 하더니 제 책을 못 내겠다고 하더라고요. 그분이 떠나셔서 그런지 프린스턴에서도 못 하겠대요. 책이 너무 방대해졌다는 게 문제였어요.

방대해질 수밖에 없었던 게, 제가 아무리 상도 받고 하버드에서 학위를 했다고 해도 저는 외국인이잖아요. 지금은 서양 학계의 분위기가 정말 많이 변했어요. 외국인이라고 움츠러드는 분위기가 절대 아닌데, 1980년대 후반만 해도 제가 "나는 한국 사람이다. 내가 너희의 글을 묶어 편집해서 책을 내겠다"라고 하면 씨도 안 먹힐 것 같았습니다. 그게 너무 걱정이 돼서 미시간에서 학위를 한 버니 크레스피Bernie Crespi라는 친구에게 연락을 했어요. 가끔 학회에서도 만나고 서로 은근히 흠모하는 사이였거든요. 이 친구는 미시간대학교에서 박사 학위를 하고 막 캐나다대학의 교수가 됐어요. 한마디로 거절하더라고요.

"제이, 이거 자살행위야. 이런 짓 하는 거 아니야."

"나도 그건 아는데…… 하여간, 내가 설득했거든. 지금 준비해놓은 게 있는데, 보내볼게."

팩스를 보내자마자 전화가 울렸어요.

"어떻게 이 많은 사람들을 다 불러 모았어?"

저도 사실 놀랐어요. 저 따위가 초대하면 미국 동료들이 무슨 근거로 저를 믿겠어요. 그래서 웬만한 사람들이 거절할 줄 알았습니다. 제가 곤충 종류별로 전문가들을 물색해서 편지를 냈거든요. 저는 딱지 맞을 생각하고 잔뜩 보냈어요. 그런데 딱 한 명 빼고 모두 수락한 거예요.

난리가 난 거죠. 그 친구는 그 친구대로 놀란 거예요.

문제는, 이게 한 권으로 만들 수 없는 분량이 돼버린 거예요. 그래서 할 수 없이 두 권으로 쪼개 기획해놓으니까 옥스퍼드에서도, 프린스턴에서도 못 하겠다고 하는 거죠. 결국, 메이 편집장님이 케임브리지대학 출판부를 소개해줘서 책이 나왔어요.

이 과정이 제법 길었을 거 아니에요. 책이 나왔을 때 저는 서울대학교에 와 있었어요. 만일 서울대에서 저를 부르지 않았다면 저는 미국에서 매장당했을 거예요. 이 짓 하느라고 논문을 많이 못 썼을 거 아니에요. 미시간 대학에서 제가 테뉴어tenure를 못 받으면, 즉 정교수가 못 되면 다른 대학으로 옮겨가야 하는데, 제가 그 순간에 상당히 불리해질 수 있었어요. 불행인지 다행인지, 그 무렵에 서울대학교에서 오라는 바람에 고민하다가 귀국했는데, 귀국하고 나서는 이게 제게 어마어마한 자산이 됐어요.

한국에 왔는데 저 같은 연구를 하는 사람이 이 대한민국 땅에 한 명도 없는 거예요. 완전히 외톨이 신세였죠.

제가 무슨 얘기를 해도 주변에 제 얘기를 알아듣는 사람이 아무도 없는 상황이죠. 저는 여왕개미처럼 내 일개미를 키워서 그 일개미들과 같이 해야 하는 거예요. 그때부터 제자 키우는 일에 총력을 기울일 수밖에 없었습니다. 제자를 키워서 동료로 만들어야 하니까……. 그게 이제 삶이 되어버린 건데, 그 와중에 저 혼자서 제자를 키울 수가 없잖아요. 이들을 보내야죠. 보내서 훈련시켜야죠.

그 책을 만들 때 제가 참 잘한 일이 있어요. 제가 왜 그런 생각을 했는지 잘 모르겠지만, 대가들의 책이나 글은 이미 군데군데 있잖아요. 그거보다는 아직 대가 반열에 오르지 않았지만 뜨고 있는 친구들에게 맡기면 참신한 글들이 나올 것 같고, 잘하면 그중 일부는 나중에 대가가 되리라는 생각으로 비교적 젊은 학자들로 모았어요. 물론 대가 몇 분도 있었지만, 대부분이 제 또래 아니면 저보다 조금 나이가 있는 정도였습니다.

여기에 총동원된 학자가 한 60명 정도 돼요. 한국에 왔는데, 이게 어마어마한 네트워크가 된 거죠. 한국에는 동료가 한 명도 없는데, 외국에는 저와 책을 같이 만든

60명의 동료가 유럽과 미국에 쫙 깔려 있는 겁니다. 그래서 제자들 중에 누가 무슨 연구를 하고 싶다고 하면, 그 동료들에게 연락해서 연결시켜줬어요. 어떻게 보면 자살행위를 감행했는데, 한국에 오는 바람에 오히려 큰 자산이 된 거죠.

이 책에 참여했던 친구들이 대부분 대가 반열에 올랐습니다. 학계에서 제가 해외 네트워크가 가장 막강한 사람 중 하나로 알려져 있습니다. 기조 연설자를 불러야 한다고 하면 제 분야도 아닌데도 연락이 와요. 그게 제가 지난 몇십 년 동안 제일 많이 한 일 중 하나입니다. 그런 힘이 어떻게 보면 이 책을 통해 만들어진 거죠.

이 책을 만드는 과정에서 정말 재미있는 경험을 하나 했어요. 제가 처음 펜스테이트에 가서 사귄 피터 애들러 Peter Adler라는 친구가 있어요. 제가 영어를 배우는 과정에 있을 때 제가 쓴 모든 영어를 이 친구가 다 고쳐줬어요.

자기가 글을 잘 쓰는 사람이 있는가 하면 남의 글을 잘 고쳐주는 사람이 따로 있잖아요. 이 친구는 정말 잘 고쳐줍니다. 저는 지금도 가끔 영어로 쓰고 마음에 안 들면 이 친구에게 보내요. 보내면 답이 금방 와요. 나보다 더 잘 쓰면서 왜 나한테 보내냐는 식으로 와요.

그 친구가 여러 번 고쳐주다가 한 1년 반쯤 됐을 때, 여느 날처럼 고쳐달라고 줬더니 받아서 제일 뒷장을 빡 뜯어 그걸 제일 앞장에 얹고 다시 줘요. 좀 읽어달라고 했더니 "너 이제 문장 하나하나 제법 잘 써. 내가 굳이 일일이 고쳐주면 물론 좋아지겠지만, 너의 최대 결점이 뭔 줄 알아?" 이러더라고요. 뭔지 물어봤더니 "결론을 얘기 안 해"라고 말하더라고요.

과학 논문은 맨 앞에 초록abstract이 있잖아요. 내가 뭘 얘기한다, 뭘 발견했다는 것부터 짧게 쓰고 서론introduction, 방법method 쓰고 결과results와 고찰discussion을 쓰는 거잖아요.

꼴에 제가 문학청년이었단 말이에요. 다짜고짜 결론부터 얘기하고 나면 소설이 재미없잖아요. 그래서 저는 일단 숨기는 거예요. 하고 싶은 얘기를 꽁꽁 숨겼다가 맨 마지막에 꺼내놓는 거죠. 그런데 이게 과학 논문으로는 절대 안 맞는 겁니다. 그 친구가 제게 수백 번 동그라미를 쳐서 이 얘기를 제일 처음에 하라고 얘기했는데, 안 고치니까 맨 뒷장을 북 뜯은 거예요.

제가 이 책 편집하면서 어떻게 했게요?

네이티브 스피커native speaker들에게 제가 제일 많이 한 게 제일 뒷장을 빨간 펜으로 동그라미 치고 앞으로 끌어내라, 이 얘기가 중요하지, 왜 이걸 숨겨, 이랬어요. 하면서도 너무 흥미로웠어요. 미국에서 10년 정도 영어로 글을 쓰면서 제가 그렇게 완전히 바뀐 거죠. 다시 한국에 와서 한글로 글을 쓰는데 너무너무 힘들었습니다.

서울대에 온 이듬해에 민음사에서 펴내던 잡지에 글을 써달라고 이갑수 사장님이 찾아왔어요. '나한테 글을 써달라는 사람이 다 있네.' 너무 좋았어요. 그리고 일주일 후에 사장님한테 전화해서 못 쓰겠다고 했어요. 딱 두세 줄 쓰고 나니 쓸 말이 없더라고요. 저는 요약을 먼저 해버린 거예요. 그러니까 더 이상 쓸 말이 없는 거예요.

정말 일주일 밤을 꼴딱 샜어요. 할 말이 더 없는데 도대체 무슨 말을 써야 하나. 이제 저 과학적 글쓰기가 너무 몸에 밴 거죠. 그래서 일주일 만에 도저히 못 하겠다고 했습니다. 그랬는데, 그 유명한 거짓말 있잖아요. "지면 비워놨습니다." 저는 그게 거짓말인지 몰라서 한 며칠을 밤을 더 새며 어떻게든 채웠어요. 그게 우리말로 쓴 제 첫 글인데, 참신하다느니 어쨌느니 하면서 다른 곳에서 또 요청이 들어와서 쓰기 시작한 거예요. 그런데 그 어려움을 극복하는 데 상당히 오랜 시간이 걸렸어요.

지금도 그런 얘기를 듣는 상황이긴 한데, 문학평론가들이 제 글을 비판하는 경우가 몇 번 있었어요. 이 사람의 글은 구조가 없다, 기승전결이 없다. 저는 그게 무슨 비판인지도 이해를 못 했어요. 저는 짬뽕이거든요. 과학적 글쓰기와 옛날에 조금 해봤던 문학적 글쓰기가 섞였어요. 그건 인정해야겠더라고요. 제 글에 구조적인 불편함이 있다는 거예요. 그런데 그걸 고칠 방법도 딱히 모르겠고……. 그래서 어디서 누가 공개적으로 비판을 하시길래, 구조적인 긴장감으로 받아들여주시면 좋겠다고 했습니다.

저는 글을 쓸 때 읽어보고 뭔가 밋밋하면 문단 자체를

바꿔버리거든요. 뒤에 있는 문단을 그냥 앞으로 보내버려요. 컴퓨터에서는 그게 가능하잖아요. 제가 원고지로 썼다면 글을 못 썼을 거라고 대놓고 얘기하는 게, 원고지로 쓰면 그걸 다 다시 써야 하는데 컴퓨터에서는 옮기는 게 가능하잖아요. 뒤에 있는 문단을 제일 첫 문단으로 옮기고 읽어보면 갑자기 긴장감이 생겨요. 그러면 그 구조를 가지고 막 다듬으며 씨름해보고, 하루쯤 묵혔다가 꺼내서 또 고치는 거예요. 그래도 한 방 치는 맛이 없고 설명만 줄줄이 한 것 같으면 또 앞뒤를 뒤섞어보기도 합니다. 그러니 기승전결이 있을 리가 없죠. 그래서 그 비판은 제가 그냥 받아들입니다. 그걸 고칠 자신도 없고, 고칠 생각도 없습니다. 제 글은 약간 전통적이지 못한가 봐요. 그게 나름대로 제 글의 특징이라면 특징으로 받아주세요. 제가 생각해보니까 저 나름대로의 역사적인 배경이 있는 거더라고요. 미국에 가서 새로운 글쓰기를 훈련받고 다시 돌아와서 옛날 글쓰기와 새로운 글쓰기를 섞는 과정을 겪어야 했던 저만의 슬픈 역사.

저는 그래도 되게 운 좋은 사람이라고 늘 생각해요.

제 삶의 저쪽 문화와 이쪽 문화가 제법 잘 섞였는지는 모르겠지만, 섞일 수밖에 없는 삶을 살았다는 게 생각해 보면 너무 고맙고, 그 과정에서 제가 몰락할 수도 있는, 순간순간 하지 말아야 하는 짓을 했는데도 그게 나중에 오히려 도움이 되는 이런 일들이 있었던 것 같습니다.

어느 생태학자의 고민

제가 별일을 다 하고 사는데, 혼자서 새로운 학문을 하나 만들었습니다. 아무도 안 따라주는데 '의생학'이라는 학문을 하나 만들었어요.

요즘 '생체 모방'이라는 말을 가끔 들으시죠? 연꽃잎 위에 물방울이 번지지 않고 말리는 걸 이용해서 물체의 표면을 만든다든지 자연에서 모방하는 일을 조금씩 하고 있는데, 그걸 좀 더 체계적으로, 진화적인 관점에서 합리적으로 해보면 어떨까 해서 제가 의생학을 구상했습니다. 의자가 '헤아릴 의擬'자입니다. 의성어, 의태어할 때. 다른 말로 하면 흉내 낸다는 뜻입니다. 자연을 흉내 내는 학문이다, 자연을 모방하는 학문이다, 자연을 표절하는 학문이다, 이렇게 생각하시면 됩니다. 그 개념 중에 자연 모방biomimicry이라는 말이 있어요. 자연에서 우리가 가져다 쓸 게, 배울 게 많다는 겁니다.

여러분, 가방이나 신발에 찍찍이velcro 많이 붙어 있죠? 우리가 발명한 게 아닙니다. 도꼬마리 같은 식물이 동물의 털에 자기 씨앗을 붙여서 멀리 이동시키려고 개발해놓은 겁니다. 그걸 우리가 그대로 베꼈습니다. 현미경을 들여다보면서 굉장히 비슷하게 베껴서 쓰는 겁니다. 이건 표절이죠, 사실은. 우리끼리는 표절하면 큰일 납니다. 잘못하면 감옥 갑니다. 표절은 불법입니다. 그런데 자연을 표절하는 건 합법입니다. 자연이 우리를 고소하지 않아요. 자연은 마구 베껴도 된다는 겁니다. 저는 자연을 한번 열심히 베껴보자, 이런 얘기를 드리고자 하는 겁니다.

우리나라 사람 중 이 자연 표절을 기가 막히게 잘한 사람이 있습니다. 연세대학교를 졸업하고 미국으로 유학 가서 스탠퍼드대학에서 기계공학 박사 학위를 받던 시절에 천장에 붙어 기어 다니는 도마뱀붙이Gecko의 발바닥을 현미경으로 들여다보면서 그 발바닥에 나 있는 털들을 그대로 베낀 겁니다. 그랬더니 유리나 타일처럼 미끄러운 벽면을 빠른 속도로 쫙 기어오르더라는 겁니다. 『타임』에서 해마다 '그해의 발명'이라고 뽑는 게 있는데, 2006년에 거기 뽑혔습니다. 그래서 김상배 박사가 전 세계적으로 유명해졌습니다. 하버드대학 연구소를 거쳐서 지금은 MIT 기계공학과의 교수로 있습니다.

제가 2년 전 봄에 보스턴에 갈 기회가 있어서 김상배 교수님한테 메일을 드리고 "제가 보스턴에 가게 되었는데, 잠깐 찾아봬도 될까요?" 그랬더니 "아이고, 선생님. 어서 오세요" 하더라고요. 제가 강의에서 이미 '김상배'라는 이름을 100번쯤은 얘기했을 거예요. 굉장히 홍보를 많이 해드렸기 때문인지 기꺼이 저를 만나주시더라고요. 그래서 가보니까, 여전히 엄청나게 많은 자연을 베끼고 계세요. 동물이 걷는 것에서 뭘 베껴서 연구하고 있더라고요.

자연을 표절하는 건 엄연한 발명입니다. 열심히 하십시오. 아주 정말, 아주 훌륭한 연구를 열심히 하고 계십니다.

일본은 신칸센 고속철을 새롭게 리모델링하면서 표면의 마찰을 줄이기 위해 밤에 소리도 없이 날아다니는 올빼미의 깃털을 시뮬레이션하고 있습니다. 그리고 앞모양은 물총새의 부리 모양을 가져다가 그대로 베껴서 만들고 있습니다. 자연에서 우리가 많은 걸 베끼고 삽니다.

코끼리가 코로 웬만한 걸 다 하잖아요. 통나무도 들어 올려요. 코끼리 코는 굉장한 힘과 유연함을 가진 아주 기가 막힌 기관입니다. 그 코끼리의 코를 연구해서 지금 다양한 일을 할 수 있는 기계를 만들고 있습니다.

저희는 그동안 보트는 물에 빠지면 안 된다고 생각했습니다, 그렇죠? 보트를 타서 물에 안 빠지고 빨리 달리려고 물을 튀기면서 가잖아요. 그런데 캘리포니아의 어떤 회사가 발상의 전환을 일으킨 겁니다. "물에 빠지면 왜 안 되는데?" 돌고래 보트를 만들어냈습니다. 모양도 돌고래처럼 예쁘게 만들었고, 행동도 정말 돌고래 같습니다. 솟구쳤다가 자맥질했다가 해요. 그런 거 200대 정도를 소양호에 풀어놓으면 사고가 많이 날 것 같지 않아요? 상관없습니다. 없어서 못 판답니다. 대박을 친 겁니다. 자연을 베끼면 때로 이렇게 대박을 칩니다.

여러분도 다 아시지만, 박쥐는 암흑 속에서도 날아다니잖아요. 물체를 피해 다니고, 자기가 먹고 싶은 나방 같은 것도 잡아먹어요. 깜깜한데 어떻게 가능한가? 초음파를 내보내고 그 초음파가 물체에 부딪혀 돌아오는 걸 받아서 다 보고 다닌다는 거죠. 박쥐의 초음파 메커니즘sonar echolocation, 그 메커니즘을 이용해 시각장애인들에게 지팡이를 개발해드리고 있습니다. 그럴듯한 얘기죠.

우리는 하늘의 주인이 새라고 생각합니다. 그런데 사실 새가 이륙하고 착륙하는 모습을 슬로 비디오로 보면, 새들이 그렇게 유연하지 못해요. 내려올 때 땅에 곤두박질하며 날개를 부딪히기도 해요. 특히, 저 바닷가 절벽에 사는 새들을 보면 착륙할 때 말도 아닙니다. 절벽의 좁은 곳에 내려야 하니까 급정거를 해야 하잖아요. 거의 와서 쾅 부딪혀요. 부딪혀서 서는 거예요. 그러다보니까 부딪혀 자기 알을 자기 발로 차서 알이 절벽 아래로 떨어져 깨지는 걸 여러 번 봤어요. 진짜로 유연한 비행을 하는 건 박쥐입니다. 저 넓은 날개로 유연하게 급정거하고 급회전하는 걸 잘합니다. 그래서 미국 공군에서는 박쥐를 이용해 작은 정찰기를 만들어서 적진에 날려 보내려 연구합니다.

자연에서 우린 정말 많은 힌트를 얻습니다. 제가 눈이 나빠서 그런지, 가끔 가우디 성당과 흰개미 탑을 보면 구별이 잘 안 돼요. 하하. 가우디 성당은 가우디라는 불세출의 건축가의 설계도에 따라 우리 인부들이 만들고 있는 건축물이잖아요. 흰개미 탑은 설계도를 가지고 만든 게 아니거든요. 흰개미 뇌라고 해봐야 좁쌀알의 한 50분의 1 정도밖에 더 되겠어요? 그 조그만 뇌를 가진 흰개미들이 청사진도 없이 만들어낸 겁니다. 만일 저더러 두 구조물을 비교해서 기능적으로 더 우수한 쪽에 상을 주라고 하면, 가우디 선생님께 대단히 죄송합니다만 못 드립니다. 왜? 여름에 가우디 성당 더워요. 그런데 흰개미 탑은 아프리카 땡볕에 하루 종일 서 있어도 실내 온도를 재보면 실내 온도의 변화가 2도 미만입니다. 기가 막히게 완벽한 냉난방 시설을 갖췄습니다. 굴뚝을 얼마나 많이 잘 만들어놨는지 뜨거운 공기가 계속 빨려 나가서 실내 온도가 잘 유지됩니다. 흰개미들은 이게 유지가 안 되면 물을 길어다가 뿌리기도 합니다.

그 작은 동물이 설계도도 없이 도대체 그걸 어떻게 해내느냐는 겁니다. 다른 일개미가 뭐 하는지 보고 자기 행동을 결정하는데, 그 결과물로 저렇게 멋진 게 나옵니다. 이걸 약간 뒤집어서 얘기하면, 이 모든 것은 설계도가 없기 때문에 가능한 일입니다. 설계도가 있다면 이 세상의 흰개미 탑은 다 비슷하게 생겼겠죠. 그런데 설계도가 없이 서로 조율하면서 만들었기 때문에 결과물은 무지하게 다양합니다. 어쩌면 그게 흰개미들의 가장 기가 막힌 장점일지도 모릅니다.

아프리카 짐바브웨라는 나라에 가면 '이스트게이트 센터'라는 건물이 있습니다. 정말 흰개미 탑처럼 굴뚝을 기가 막히게 많이 만들어놨습니다. 몇 가지 그런 환경친화적인 구조를 만들어놨더니, 아프리카 한복판에서도 연료를 거의 때지 않는데도 실내 온도가 아주 쾌적하게 유지된다는 겁니다. 자연에서 배울 게 한두 개가 아닙니다.

베짜기개미는 이파리들을 가까이 끌어당겨놓고 이파리와 이파리 사이를 실크로 엮어 방을 만들고 그 안에서 삽니다. 이들이 이파리를 끌어당길 때 보면 참 대단합니다. 잡아당겨 가까이 조율해서 어느 정도 됐다고 하면 애벌레 한 마리를 데려다가 실크를 분비하게 합니다. 신기한 게 이 모든 작업을 현장에서 진두지휘하는 작업반장이 있어야 할 것 같은데 그런 친구를 찾을 수가 없습니다. 그냥 각자 알아서 합니다. 솔로몬 대왕님은 참으로 오랜 옛날에 이걸 알고 계셨던 것 같아요. 「잠언」 6장 7절에서 8절에 보면 이런 대목이 나오죠.

"개미는 두령도 없고 간역자도 없고 주권자도 없으되 먹을 것을 여름 동안에 예비하며 추수 때에 양식을 모으느니라."

개미나라에는 여왕개미가 있지만, 여왕개미는 현장에

나와 진두지휘하지 않습니다. 여왕개미는 그저 알을 낳을 뿐이죠. 그리고 여왕 물질이라는 걸 분비해서 개미 사회의 질서를 유지하는 일만 할 뿐, 직접 나와서 "이쪽으로 잡아당겨, 저쪽으로 밀어" 이런 걸 안 하거든요. 여왕개미는 굴의 중앙쯤에 앉아서 알 낳는 일에만 전념합니다. 그래서 실제로 개미 사회의 작업 현장에는 리더가 없습니다. 흰개미 사회의 작업 현장에도 리더가 없습니다. 없는데도 저렇게 기가 막히게 잘한다는 겁니다. 그게 어떻게 가능할까요?

미국 뉴멕시코주에 가면 산타페라는 도시가 있습니다. 그곳에 가면 언덕 위에 산타페 연구소Santa Fe Institute라는 곳이 있어요. 1980년대 후반에 노벨물리학상을 받았던 양반이 그 연구소를 설립했습니다. 설립하면서 기이한 짓을 했습니다. 그때 우리는 저 양반이 노망들었다고 생각했습니다. 그 양반이 제일 먼저 한 일 중의 하나가 생물학자와 경제학자를 불러놓고 주식의 행동을 연구한 겁니다. 아침에 일어나면 주식이 화장실에서 나오면서 "안녕하세요" 이렇게 인사해요? 주식의 행동이라니, 이게 무슨 얘기예요. 그래서 우리는 "돌았나?" 싶었어요.

주식이 움직이는, 주식의 동향을 분석해보겠다는 겁니다. 전통적인 방법으로 생각하는 게 아니라 생물학자와 물리학자, 경제학자가 마주 앉아서 자기 분야의 독특한 시각을 제공해 함께 풀어보자는 겁니다. 이를테면 '통섭'입니다. 그걸 그 옛날에 벌써 시작한 연구소입니다. 처음에는 다들 "아, 저 양반이……" 이러고 머리를 긁었는데, 지금 이 순간 제게 전 세계에서 가장 멋진 연구소가 어디인지 물으신다면 저는 조금도 주저하지 않고 산타페 연구소라고 얘기합니다.

복잡계를 연구합니다. 콤플렉스 시스템을 연구하는데, 복잡계를 연구하려면 굉장히 다양한 분야의 사람들이 모여야 가능합니다. 그래서 그 산타페 연구소에는 정말 다양한 분야의 사람들이 모여서 함께 연구합니다. 참 멋진 곳이죠. 이 세상 어떤 연구 주제든 못 할 게 없습니다. 그냥 꺼내놓고 여러 사람이 모여 앉아서 연구하는 겁니다. 거기서 십몇 년 동안 연구한 주제가 바로 개미,

흰개미들이 어떻게 저런 일을 여럿이 모여서 해내는가에 대한 것입니다.

답 찾기가 힘든가봐요. 몇 년 전에 잠정적인 답이라고 하면서 발표하더라고요. 그 발표가 참 애매했는데요. 셀프 오거니제이션Self-organization, 쉽게 얘기하면 일개미 한 마리 한 마리가 각자 알아서 한다는 것입니다. 이게 답입니다. 십몇 년 연구해서 꺼내놓은 대답이 결국은 각자 알아서 한다는 겁니다. 그런데 바로 그겁니다. 그걸 자가 조직의 원리라고 경영학에서는 얘기하잖아요. 각자 알아서 하는 겁니다. 우리는 많은 경우에 일을 시켜서 합니다. 그런데 누가 시켜서 하는 일이 아니라 문제를 찾아서 각자 그리고 함께 푼다는 겁니다.

예를 들어서, 우리나라같이 모든 것에서 평등해야 한다고 억지를 쓰는 나라에서는 다섯 분이 캠핑을 가도 평등해야 하잖아요. 그래서 쌀도 같이 씻자며 다섯 분이 손 다 집어넣고 다섯이서 같이 씻어야 하잖아요. 그게 평등이잖아요. 실제로 그렇게 하지도 않으면서 왜 그렇게 억지 평등을 자꾸 주장하는지 몰라요. 기회의 평등을 주장해야 하는데, 엉뚱한 평등을 주장하는 경향이 있어요.

다섯 분이 캠핑에 가셨어요. 우리 알아서 하지 않나요. 누군가는 "쌀 씻어야 하는 거 아니야?" 이러고 쌀 씻기 시작하고, 누군가는 불 피우기 시작하고 누군가는 찌개를 끓여요. 첫날에 찌개를 잘 끓이면 돌아오는 날까지 끓여야 해요. "어우, 찌개 끝내주네." 졸지에 그 사람은 그 캠핑 사회에서 찌개 전문가가 된 겁니다. 우리 이러고 살잖아요. 우리는 기가 막히게 분업을 잘하는 동물입니다. 알아서 자기가 할 수 있는 일을 찾아서 합니다.

그걸 개미도 할 줄 알고 흰개미도 할 줄 알고 벌도 할 줄 안다는 겁니다. 자기가 할 일을 찾아서 남이 하는 일과 조율하는 겁니다. 흙덩어리 하나를 들고 와서 동료가 어디에 흙을 놨는지를 보고 가장 괜찮다고 생각되는 곳에 흙덩어리를 놓는 겁니다. 그게 모여서 흰개미 탑이 되는 겁니다. 필요하다고 생각되는 곳을 합의하면서 몇 마리의 일개미들이 무슨 얘기를 하는지 우리는 아직 알아듣지 못합니다. 하지만 그들끼리 조율하면서 만들어 낸다는 겁니다. 이게 자가 조직의 원리입니다.

요즘 경영학이나 리더십 연구에서는 횡적인 리더십을 강조하기 시작했습니다. 종적인 리더십, 아까 제가 얘기한 대로 "지금 큰일 났어. 국제 정세가 이렇게 힘든데 이런 식으로 해결책 찾아내"라는 게 아니라 몇 사람이 모여 앉아서 어떻게 풀면 될까 고민하는 거죠. 알아서 횡적으로. 그걸 레터럴 리더십lateral leadership이라고 하는데요. 그런 데서 오히려 창의성이 발휘된다는 겁니다. 요즘은 기업도 그런 걸 장려하려고 굉장히 애를 씁니다.

그래서 저는 얘기하는 겁니다. 혹시 우리가 개미 사회의 조직 원리를 배울 수는 없을까? 저들은 우리보다 그걸 훨씬 잘하는 것 같아요. 우리는 그래도 리더가 언제나 있습니다. 작업반장이라는 사람이 꼭 있고, 무슨 일을 해도 누군가가 목청 높여서 뭐 하라고 지시합니다. 하지만 개미 사회는 우리가 보기에 그런 리더 자체가 없습니다. 아주 완벽하게 평등한 것처럼 보입니다. 그러면서 서로 조율하며 일을 합니다. 결과물이 훌륭합니다. 혹시 거기에 기가 막힌 비밀이 있지 않을까 생각합니다.

한 가지만 제가 농담 삼아서 말씀드리겠습니다. 개미 사회에 노사 문제라는 게 없습니다. 저들이 노조를 만들지 않아서 그런 건지, 노조를 만들 줄 몰라서 안 하는 건지는 저도 잘 모르겠는데요, 어쨌든, 없습니다. 그러면 개미 사회의 노사 관계를 연구해서 우리 기업에 적용하면 안 될까, 이런 황당한 생각을 저는 가끔 하고 삽니다.

만약에 다윈 선생님이 살아 계신다면 이런 얘기를 해 주실 것 같아서 제가 이렇게 만들어봤습니다.

"자연에 널려 있는 아이디어들은 이미 오랜 세월 동안 자연선택의 혹독한 검증을 거쳤으며, 더욱 신나는 것은 거저라는 점이다."

여러분이 취직하면 회사에서 큰 아이디어를 내놓으라고 맨날 난리입니다. 솔직히 우리가 사는 삶의 대부분이 아이디어를 내놓는 일이에요. 그렇죠? 아이디어가 매일 술술 잘 나오나요? 그러면 왜 아이디어를 짜낸다는 표현까지 쓰겠어요. 어쩌다가 하나 짜서 꺼내놨어요. 꺼내서 회장님 드리니까 회장님이 "좋았어. 제품 만들어서 내일부터 팔아" 이렇게 하시나요. 이거 될까, 검증하라고 하죠. 사회에서 먹힐까, 시장에서 통할까. 이 검증, 잘못하면 5년, 10년씩 걸리는 겁니다.

다윈 선생님의 말씀으로는 자연에 있는 아이디어들은 수천만 년의 자연선택이라는 혹독한 검증을 이미 다 거쳤다는 겁니다. 검증에서 실패한 놈들은 다 멸종했어요. 그래서 안 보여요. 지금 우리 눈에 보이는 것들, 까치, 은행나무, 개미들은 다 그 혹독한 검증을 거친 것들입니다. 그들이 무슨 짓을 하고 있나, 그들이 뭘 갖고 있나를 들여다보고 그걸 가져다가, 그냥 주워다가 우리 입맛에 맞게 조금만 각색하면 그 아이디어가 여러분이 애써 짜낸 아이디어보다 대부분 훨씬 탁월하리라고 저는 확신합니다.

그래서 자연에 있는 아이디어를 베끼자는 겁니다. 자연에 있는 아이디어를 표절하자는 겁니다. 자연에 있는 아이디어를 제가 주워 갔다고 해서 자연이 제게 "내 걸 가져갔으면 돈을 내야 할 것 아니야" 그런 소리 안 합니다. 거저입니다. 이게 굉장히 중요한 일일 것 같아요.

저는 그래서 일찌감치, 벌써 2006년에 제 연구실에다 '의생학 연구센터'라는 걸 만들었습니다. 세계 최초로 만들었습니다. 거창한 연구센터가 만들어진 건 아니고, 간판만 걸었습니다. 돈이 없어서 일단 간판만 걸었는데요, 제 연구실에는 '통섭원'이라는 조직이 있어서 굉장히 다양한 분야의 학자들이 모여 여러 가지 토론을 합니다. 제 연구실의 이름은 행동생태연구실로서 자연의 온갖 다양한 동물들의 행동과 생태를 연구합니다. 이런 사람들이 모여 앉아서 의생학 연구센터라는 걸 함께 운영하는 겁니다.

거기에 기업이 찾아옵니다. 기업이 와서 "우리가 이런 걸 풀어내야 하는데, 자연에 좋은 아이디어 없겠습니까?" 하면 우리랑 만나요. 그거에 딱 맞는 답을 금방 내놓을 수 있으면 참 좋을 텐데, 대부분 그렇게 안 되잖아요. 그러니까 "혹시 귀뚜라미는 어떨까요?" "꿀벌은 어떨까요?" "혹시 애기똥풀은 어떨까요?" 이렇게 자꾸 얘기하는 겁니다. 그러다 보면 어느 날 "그거 한번 들여다볼까요?" 하는 겁니다. 그때부터 저는 공학을 하시는 엔

지니어들을 함께 동석시킵니다. 그랬더니 둘이 얘기하다가 뭔가 될 듯하면 엔지니어들이 가져다가 뚝딱뚝딱 만들어와서 또 얘기가 시작됩니다. 이러다가 어느 날 기가 막힌 대박이 등장할 수도 있지 않을까, 하는 생각에서 해보는 겁니다.

제가 우리 정부에 대한 불만 중 하나가 이겁니다. 정부는 툭하면 우리나라의 R&D 연구비 수준이 국민 총생산에 비해 선진국 수준이라고 얘기합니다. 그러나 저는 정부에 그건 말이 안 된다고 지적합니다. 예를 들어 10퍼센트라고 칩시다. 100원의 10퍼센트가 10원입니다. 1억의 10퍼센트는 천만 원입니다. 비율은 똑같지만, 액수는 완전히 다릅니다. 비율은 아무 의미가 없는 말이다, 이겁니다. 이거 아니라는 겁니다. 저는 액수가 중요하다고 주장하는 겁니다. 그래서 만일 우리가 진짜로 기술을 개발해서 경쟁해보겠다고 한다면 다른 나라 비율의 몇 배를 투자해야 하는 겁니다. 그리고 우리는 투자할 수 있다고 저는 믿습니다. 우리 국민에게 설명하면 상당 부분 호응해주리라고 믿고 있습니다.

그런 점에서 일단 돈은 모았는데, 정부가 늘 하는 말 중에 제가 참 섭섭한 것 중 하나가 무조건 '선택과 집중'을 해야 한다는 말입니다. 예, 선택과 집중, 중요합니다. 하지만 완벽한 선택과 집중을 하면 저처럼 돈 안 되는 연구를 하는 사람은 연구비가 없는 겁니다. 그런데 선택과 집중이 적중하면 참 좋은데, 적중하지 못하면 어떻게 하죠? 기업은 선택과 집중을 해야죠. 돈 버는 곳이니까. 하지만 나라는 100퍼센트 선택과 집중을 해서는 안 된다고 생각합니다. 그중에 일부는 남겨서 말도 안 되는 연구, "이런 거 해서 뭐가 나와" 하는 연구도 챙겨줘야 한다는 겁니다. 그런 잡초 중에 어느 날 갑자기 효자가 나타날 수 있습니다. 그래서 0.2퍼센트만이라도 주시면 어떨까, 이런 얘기를 저는 늘 하고 있습니다. 그걸 저는 까치밥이라고 부릅니다. 옛날 우리 조상님들은 까치 먹으라고 감을 다 따지 않고 몇 개 남겨두셨다죠. 몽땅 선택과 집중을 해서 누구나 다 아는 큰 연구에다 쏟아 붓지 말고 한 0.2퍼센트만, 한 2퍼센트만 남겨서 정말 시시껄렁한 연구를 하는 것처럼 보이는 저 같은 사람에게도 조금씩 10년, 20년 쭉 주다보면 어느 날 제 연구에서 기가 막힌 대박이 나올지 아무도, 아무도 장담 못 합니다.

벨크로Velcro를 처음으로 특허 낸 양반은 여러분이 구두 한번 신을 때마다 돈 세고 있는 겁니다. 심장병 수술에까지 쓰입니다. 심장 부분을 붙일 때 그 안에 찍찍이를 집어넣고 붙입니다. 온갖 데 다 사용됩니다. 그 양반이 한 게 뭡니까? 산에서 내려오다가 바지에 씨앗이 붙으면 우린 떼면서 욕만 했습니다. "아씨, 이런 게 붙어가지고……." 그런데 그 양반은 그걸 떼면서 "이거?" 하며 들여다보고 베낀 겁니다. 아주 간단한 일을 한 겁니다. 자연을 주의 깊게 관찰하다보면 베낄 게 한두 개가 아닐 겁니다.

제가 왜 이렇게 돈 얘기를 구슬프게 해야 할까요. 의생학 연구센터를 저는 6년 전에 만들어놨는데 한 3년 전에 하버드대학의 비스 연구소Wyss Institute라는 곳이 생겼습니다. 하버드대학 역사상 개인이 낸 최고 액수였습니다. 1억 2천 5백만 달러를 한스요르그 위스Hansjörg Wyss라는 양반이 기증하면서 자연의 아이디어를 공부하고 베껴서 공학 연구를 해보라고 했답니다. 절 주시지. 저는 벌써 연구소를 만들어놨는데, 왜 절 안 주시고……. 저 비스 연구소에 옛날 알던 분들이 계신데 "아니, 이게 나한테 올 돈을……" 이러면서 억울하다고 얘기를 했습니다.

미국이 저런 일을 또 어마어마하게 시작했는데, 우리나라에서도 진짜로 잘할 수 있지 않을까 생각합니다. 우리처럼 예리한 관찰력을 가지고 있고, 우리처럼 기가 막힌 상상력을 가진 국민이 자연에 있는 것과 우리가 가진 질문을 비벼서 새로운 걸 만들어내는 일을 해보면 얼마나 멋진 일이 벌어질까, 그런 생각을 해서 오늘 여러분에게 의생학에 대해 말씀을 드려봤습니다.

이것 역시 호모 심비우스의 정신입니다. 자연을 우리 마음대로, 자연에 있는 걸 막 갈아엎고 우리가 필요한 걸 만드는 것이 아니라 자연이 어떻게 하고 있는지를 잘 들여다보고 자연과 함께 사는 방법을, 자연에 순응해서 그 친구들처럼 우리도 함께 살아가는 방법을 찾아내는 것, 이게 바로 의생학입니다. 자연을 해치지 않고도 자연의 아이디어를 얻을 수 있을 것 같은 생각이 들어서 호모 심비우스의 시대에 정말 해볼 만한 연구라는 생각이 듭니다.

3

자연은
순수를
혐오합니다

우리 인간이 이 지구에서 얼마나 더 오래
살 수 있을까요?

저희 생물학자들의 걱정은
이번 세기가 끝나기 전에 지구의 생물다양성
절반 정도가 사라질 것 같다는 겁니다.

지구의 동식물 절반이 사라질 때
과연 호모 사피엔스, 우리가 살아남을 수 있을까?

강연 목록

아주 불편한 진실과 조금 불편한 삶
: 2021 9월의 명사 / 곡성군미래교육재단

아주 불편한 진실과 조금 불편한 삶

날씨가 예전 같지 않네요. 오늘 저는 이런 얘기를 드리고자 합니다.

우리가 지금 겪고 있는 팬데믹으로부터 출발해서 이런 대재앙의 원인을 제공하고 있는 것으로 의심할 만한 기후변화라든가 생물다양성 감소라든가, 이런 문제들을 여러분에게 얘기드리도록 하겠습니다.

우리 중에 어쩌면 두 번 겪는 분이 계실지도 모른다고 해요. 스페인독감이 1919년에 있었으니까, 지금 100세가

넘으신 어르신 중에는 스페인독감도 경험하셨고 코로나19도 경험하고 있는 엄청나게 운 나쁜 분도 계실지 모르지만, 여러분이나 저 같은 사람은 생애 처음 겪는 어마어마한 일일 겁니다.

저는 자꾸 어처구니없다고 표현해요. 저는 생물학자입니다. 생물학자 입장에서 생각해보면, 바이러스라는 존재는 생물도 아닙니다. 혼자서 생명현상을 이루어나갈 수 있는 능력을 가진 존재가 아니기 때문이에요. 어떻게 보면 유전자 쪼가리거든요. 공기 중에 떠다니다가, 어디 묻어 있다가 다른 세포 안으로 파고 들어가서 그 세포의 유전체 안에 끼어 앉아서는 그놈이 복제할 때 은근슬쩍 같이 복제되는, 되게 수동적인 방식으로 살아가는 놈입니다. 그동안 우리가 만물의 영장이라고 참 거들먹거렸는데, 이런 놈들에게 우리가 이렇게 처참하게 당하고 있다, 참 어처구니없는 일입니다.

그런데 이게 처음은 아니잖아요. 우리나라만 해도 21세기에 들어와서 코로나바이러스에 세 번째 당하는 중입니다. 사스를 겪었고, 그다음에 메르스를 겪었고, 이번에 코로나19를 겪고 있는데, 번번이 박쥐로부터 출발했다고 그럽니다. 지난번 사스 때는 박쥐가 사향고양이Civet에게 바이러스를 옮겨주고 우리가 사향고양이에게서 감염된 걸로 알려졌고, 메르스는 낙타를 통해 우리한테 왔다고 해요. 이번에는 천산갑Pangolin이라고 부르는 괴상하게 생긴 동물을 통해 우리가 이렇게 힘든 삶을 살게 된 거랍니다. 아마 대한민국 사람 중에 천산갑을 실제로 보신 분은 거의 없으실 거예요.

왜 번번이 박쥐일까? 박쥐는 그렇지 않아도 사람들에게 좋은 소리 못 듣는 동물인데요. 박쥐가 특별히 사악해서, 특별히 더러워서 우리에게 이런 폐를 계속 끼치는 걸까?

아닙니다. 그냥 박쥐가 많아서 그래요. 지구상에 사는 포유동물 전체 종수의 절반이 쥐입니다. 그리고 나머지 절반의 절반이 박쥐입니다. 지구에 사는 포유동물의 넷 중 하나가 박쥐이다 보니까 박쥐로부터 무슨 일이 벌어질 확률이 높은 것뿐입니다. 박쥐가 특별히 나쁜 동물이라서 그런 게 아니고요.

제가 별로 근거 없는 예언을 하고 있는데요. 다음 팬데믹은 아마 쥐로부터 시작될 거라고. 무슨 확실한 근거가 있어서 하는 얘기가 아닙니다. 똑같은 맥락으로 전체의 절반이 쥐니까 쥐로부터 여러 가지 질병이 발생할 수 있는 거죠. 여러분도 잘 알고 계시는 옛날 유럽의 흑사병도 쥐에서 출발한 거예요. 그러니까 쥐나 박쥐로부터 이런 질병이 출발할 가능성은 굉장히 높은 겁니다.

박쥐가 전혀 혐의가 없는 건 아닙니다. 면역학 논문에 흥미로운 연구 결과가 있더라고요.

저만 그런 건 아닐 테고, 지금 제 강의를 듣고 계신 분 중에서도 저와 체질이 비슷한 분이 분명히 계실 겁니다. 봄가을에 꽃가루만 날리면 재채기하고 콧물 흘리는 분 있으시죠? 저도 심할 때는 하루에 티슈를 반 박스나 씁니다. 그렇게 열심히 코를 풀면서 저 가끔 기분이 무지하게 나빠요. 아니, 꽃가루가 제 몸에 들어온다고 해서 제가 무슨 죽을병에 걸리겠어요? 왜 제 몸은 이렇게 지나칠 정도로 예민하게 반응하는 걸까요? 코에서부터 물로 대청소를 하잖아요.

모름지기 모든 생물은 면역계라는 시스템을 진화시켰습니다. 그렇겠죠. 생물로 살면서 외부에서 들어오는 이물질을 아무 거름 장치 없이 들어오게 하고 살 수는 없습니다. 만약 면역계의 민감도를 가지고 생물들을 줄 세운다고 하면, 저는 우리 호모 사피엔스가 금메달을 따지 않을까 싶어요. 이렇게까지 예민한 동물을 저는 아직 본 적이 없습니다. 우리가 얼마나 예민하면 '자가면역질환'이라는 것까지 있겠어요. 에이즈도 그런 병이고요. 현대 의학에서 자기가 자기한테 반응해서 골치를 썩는 병 80가지 정도를 이미 밝혀냈습니다. 이게 뭐하는 짓입니까? 우리가 지나치게 예민한 면역 시스템을 갖고 있다 보니까, 내가 내 몸에게도 반응을 잘못해서 시작된다는 거죠.

그런데 작년에 나온 세계면역학회지의 논문을 읽어보니, 박쥐는 우리 인간에 비해 외부로부터 들어오는 물질을 인식하고 방어하는 데 관여하는 유전자의 개수가 훨씬 적답니다. 무슨 얘기입니까? 우리만큼 신경질적으로 반응하지 않는다는 거죠. 우리보다 훨씬 느슨한 방역 체계를 가졌다는 겁니다. 그러다보니까 박쥐는 모르는 거예요. 바이러스가 자기 몸에 들어와 있는지도 모르고, 별 영향을 받지 않으니 그냥 날아다니면서 여러 동물에게 옮겨주는 겁니다. 그중에 천산갑이라는 동물을 잘못 괴롭혔다가 우리가 이번에 이 꼴을 당하는 거죠.

나태주 시인께서 그런 말씀을 하셨잖아요.

"자세히 보아야 예쁘다."

저는 열대에서 박쥐도 연구해서 논문 제법 여러 편 쓴 박쥐 생물학자입니다. 그래서 박쥐를 가까이서 참 여러 번 봤는데요. 가까이에서 자세히 보면 박쥐 참 예뻐요. 참 곱고 귀한 동물입니다. 제가 이렇게 열심히 박쥐를 변호하는데, 별로 호응이 없어 보여서 정말 예쁜 박쥐 하나 소개해드릴게요. 정말 솔직하게, 집에서 기르고 있는 고양이 빼놓고 이 박쥐보다 예쁜 동물 보신 적 있으면 제게 알려주십시오. 제가 동물학자로 평생을 살면서 본 동물 중에 가장 아름다운, 가장 예쁜 동물입니다.

'온두라스흰박쥐'라는 동물인데요. 코스타리카, 파나마 같은 중미의 열대 정글에서 종종 만나던 친구입니다.

제가 손으로 한번 쥐어봤는데, 닭이 가끔 낳는 조그만 달걀 정도밖에 안 됩니다. 그만큼 작고 연약해요. 이 박쥐는 과일 열매를 먹고 삽니다. 열대 정글에는 하루에도 대여섯 차례씩 장대비가 마구 쏟아지거든요. 그러면 이 친구들이 과일을 먹다가 동굴로 도망가야 해요. 날아서 동굴쯤 오면 또 비가 그쳐요. 그러면 또 날아가야 하니까, 왔다 갔다 하는 게 싫어서 이 박쥐들은 바나나 이파리처럼 커다란 식물의 잎을 입으로 물어뜯어 변형시켜 텐트를 만듭니다. 그 텐트 밑에서 비를 피하는 거예요. 저런 행동을 하는 박쥐들을 '텐트 박쥐tent-making bas'라고 부르는데, 제가 어쩌다가 이 텐트 박쥐 연구를 제법 많이 했습니다. 박쥐는 주로 열매 먹고 꽃에서 꿀 빨아 먹고 모기 잡아주는, 우리에게 굉장히 이로운 동물입니다.

그런데 지금 열대지방의 몇몇 나라에서 뒷북을 치고 있습니다. 이미 코로나바이러스는 박쥐를 떠나 우리 인간계로 와 있어요. 지금은 우리끼리 주고받으며 병에 걸리고 죽고 하는 거잖아요. 지금 우리 중에 박쥐에게서 직접 바이러스를 얻어오는 사람은 없습니다. 그런데 열대 몇몇 나라에서 박쥐 동굴 소탕 작전을 펴고 있습니다. 참 너무 안타깝습니다. 박쥐가 무슨 그런 큰 죄를 지었다고…….

박쥐는 기본적으로 열대에 사는 포유동물이라고 보시면 됩니다. 지금까지 저희가 발견한 박쥐의 수가 1천4백여 종 정도 되는데, 압도적으로 열대에 많습니다. 그런데 이 열대 박쥐들의 분포가 온대로 넓어지고 있다는 보고가 계속 올라옵니다. 2021년 5월, 영국 케임브리지대학 연구진이 발표한 논문에 따르면 지난 1백 년 동안 지구 온난화 때문에 온대지방의 기온이 계속 올라가니까 열대에 살던 박쥐들이 슬금슬금 옮겨오는 바람에 제법 많은 수가 온대나 아열대로 이동해서 몇몇 거점 지역이 새롭게 탄생했다는 겁니다. 그중에 가장 대표적인 곳이 중국 남부랍니다. 케임브리지 연구진이 데이터를 분석해 보니까 열대에서 중국 남부로 무려 40종 가까이가 이주했답니다.

박쥐 한 마리가 대체로 코로나바이러스 두세 종류 정

도를 갖고 다녀요. 40종 곱하기 2 아니면 3을 하면 80 내지 120이 나오잖아요. 간단히 어림잡아서 얘기하면, 지난 1백 년 동안 중국 남부로 새로운 코로나바이러스가 100종이나 유입됐다는 겁니다. 그중 하나가 이번에 우리를 이렇게 무자비하게 공격하기 시작한 겁니다.

이 코로나19 팬데믹의 배후에는 기후변화가 있습니다. 물론, 기후변화만 이런 문제를 일으킨 건 아닙니다. 저는 기후변화 외에도 생물다양성에 문제가 있다고 생각합니다.

세계보건기구 웹사이트에 들어가보니까 공식 집계로만 코로나19 감염자가 거의 7억 명 가까이 나타났고요. 사망자도 7백만을 육박하고 있습니다. 여러분 중에 혹시 경제 쪽에 관심이 많으시면 영국의 경제 전문지 『이코노미스트The Economist』를 구독하고 계실 거예요. 『이코노미스트』는 초지일관 지난 3년 동안 우리가 이 통계를 과소 집계하고 있다고 얘기하더라고요. 우리나라는 워낙 방역을 잘해서 'K-방역'이라는 칭송을 얻었어요. 여러분 다 경험하셨잖아요. 곳곳에 선별진료소가 있어서 몸이 조금만 이상하면 가서 검사받고 하루면 다 알았잖아요. 그런데 정말 많은 나라에서는 자기가 걸린 줄도 모릅니다. 병원에 가볼 기회도 없고 의료체계가 붕괴돼서 그냥 죽은 사람들이 굉장히 많아요. 그런 사람들이 전부 이 통계에 집계되지 않은 겁니다. 게다가 이런 것도 있어요. 우리나라에서도 벌어졌지만, 평소에 지병이 있었는데 코로나 환자들이 병상을 차지하는 바람에 제대로 된 진료를 못 받다가 돌아가신 분들, 그런 분들도 엄밀하게 얘기하면 코로나19의 희생자라는 거죠.

경제 전문지답게 『이코노미스트』는 또 다른 카테고리를 거기에 소개하더라고요. 코로나로 인해서 경제적인 어려움을 겪다가 돌아가신 분들, 스스로 목숨을 끊거나 사업이 망해서 생활고를 겪다가 병을 얻어 돌아가신 분들, 그런 분들을 다 합해야 한다는 겁니다. 그렇게 다 합하면 7백만 명이 아니라 2천만 명에 육박할지도 모른다고 해요.

이거 대단한 숫자 아니에요? 우리나라 인구가 지금 5천만이 조금 넘는데, 우리나라로 치면 두세 명 중 한 명이 죽었다는 거잖아요. 이게 말이 되나요? 이 최첨단 과학 시대에 만물의 영장이라는 우리가 눈에 보이지도 않는 저따위 것들에게 당했습니다. 엄밀하게 얘기하면, 생물학에서 얘기하는 생물의 정의에 들지도 않거든요. 스스로 자기 복제, 즉 재생산을 할 줄도 모르는, 막말로 얘기하면 유전자 쪼가리가 단백질을 슬쩍 뒤집어쓰고 우리를 이렇게 괴롭히고 있습니다. 어떤 의미에서는 참 자존심 상하는 일이었습니다.

이런 일이 왜 생겼을까. 보다 중요한 이슈는 이런 일들의 발생 빈도가 놀랍도록 짧아지고 있다는 겁니다. 점점 자주 벌어지기 시작했다는 겁니다.

두 세기만 비교해볼까요? 지난 20세기, 1918년에 스페인독감이 일어났고, 1968년에는 홍콩독감, 중간에 콜레라가 몇 번 있었고 황열병yellow fever도 한두 차례 있었습니다. 저희가 돌아가서 대충 주기를 한번 따져보니까 이십몇 년 만에 한 번씩 유행병이 터진 겁니다. 그런데 참 놀랍게도 21세기로 들어오면서 사스를 시작으로 메르스, 지카, 에볼라, 에이즈, 신종플루, 조류독감, 돼지독감, 콜레라, 뭐, 하여간 지금 정신없이 터지고 있습니다. 계산해보니까 2년 내지 3년에 한 번씩 세계 어느 곳에선가 터지고 있는 겁니다.

지역적으로 터지는 유행병을 저희가 에피데믹epidemic이라고 부르고, 이게 전 세계적으로 번지면 팬데믹pandemic이라고 하죠. 모든 에피데믹이 다 팬데믹이 될 필요는 없습니다. 우리가 어떻게 초동 방역을 잘하느냐에 따라 팬데믹이 되는 걸 막을 수가 있는 거죠. 그래서 이번 세기에 들어와서도 팬데믹이 된 건 두 개뿐입니다, 그렇죠? 신종플루와 코로나19.

이번에 코로나19에 대해 쫓겨난 트럼프 미국 대통령이 계속해서 중국을 손가락질했잖아요. 저놈들이 일부러 그랬다는 식으로. 말이 안 되는 얘긴데, 바이든 대통령도 지금 보면 자꾸 중국에 압력을 가하고 있습니다. 왜 그럴까? 사실 중국이 초동 대응에 실패한 건 맞잖아요. 처음에는 뭔지도 잘 몰랐어요. 중국 우한에 세계 최대 규모의 바이러스 연구소가 있습니다. 그런데 왜 몰랐을까요? 만일 알고 있었으면서도 초동 대응을 잘 못했다면, 이건 중국이 세계인들에게 사과해야 하는 거예요. 중국이 국내 문제로 한정 지을 수 있는 걸 제대로 못 막은 바람에 사람들이 비행기 타고 브라질 가고 이탈리아 가고 한국 오고 이러면서 전 세계적으로 문제가 터져버린 거잖아요. 이런 문제들을 앞으로 우리가 어떻게 감당해나갈 것인가. 이게 각 국가에서도 문제지만 세계적인 문제가 될 수밖에 없다는 거죠.

이 순간에 만일 어떤 전문가께서 "아이고, 여러분 얼마나 힘드세요. 그래도 조금만 참읍시다. 이번 일만 지나가면 우리 생에 이런 일은 다신 없을 것 같아요"라고 한다면, 저는 그 말 못 믿겠어요. 20년 내지 30년에 한 번씩 터지던 일이 이번 세기에 들어와서 2년 내지 3년에 한 번씩 터지는데 이게 끝나면 앞으로 안 터진다? 상식적으로 정당한 예측이 아니죠. 2년이나 3년에 한 번씩 계속 지구촌 어딘가에서는 유행병이 터질 거라고 예측하는 게 정당하고요. 더 걱정스러운 건, 이게 만일 주기가 짧아지는 흐름에 있다면 앞으로 어쩌면 매년 이런 일이 터질지도 모른다는 겁니다. 참으로 걱정스러운 얘기죠.

이렇게 우리가 무지막지하게 고민도 하고 고생도 하고 있는데, 제가 이렇게 얘기하면 기분이 어떠실지 모르겠어요. 코로나바이러스는 아무리 무서워도 절대 우리 인류를 멸종시키지는 못합니다. 왜 그럴까요?

그 옛날 유럽의 흑사병도 유럽 인구의 3분의 1밖에 못 죽였습니다. "3분의 1밖에라뇨? 3분의 1이면 어마어마한데!"라고 질문하실 수 있어요. 왜 나머지 3분의 2는 못 죽였느냐. 감염시키지 못해서 못 죽인 거예요. 병원체라는 건 이런 겁니다. 더 이상 감염시키지 못하면 못 죽이는 겁니다.

우리 대한민국은 이번에 정부도 참 열심히 했지만, 국민 한 사람 한 사람이 적극적으로 방역에 참여해서 지금 전 세계에서 가장 방역을 잘한 나라 중 하나가 된 거잖아요. 사망자 수가 가장 적은 나라, 가장 안전한 나라 중 하나에 그래도 우리가 살고 있는 겁니다. 물론, 백신 공급이 조금 부족해서 약간 섭섭하긴 하지만, 한두 달 안에 우리 대부분이 백신을 다 맞고 괜찮아지리라고 생각합니다. 그런데 우리가 얼마 전까지 봤듯이 인도 같은 나라는 방역 체계가 완전히 무너져버렸거든요. 너무 많은 사람이 감염되고 병원에는 병상이 없고, 길에서 사람들이 죽어나가고 화장장도 부족해서 길에서 태우고 이랬어요. 만약 우리나라가 그 정도로 악화돼서 큰일이 벌어진다고 하더라도, 결국 끝납니다. 제가 아주아주 거칠게 표현할게요. 대한민국 5천만 국민 중에 2천만만 죽으면 끝납니다. 그러면 저절로 사회적 거리가 생겨서, 다음 사람한테 감염이 안 돼서 끝나는 거예요. 제가 심한 발언을 한 겁니다, 강조하기 위해서.

바이러스나 병원체는 절대 우리를 깡그리 죽이지는 못합니다. 하지만 기후변화는 다릅니다. 지금 여러분 겪고 계시잖아요. 숨을 곳이 없습니다. 어쩌면 기후변화는 우리 인간을 마지막 한 사람까지 완벽하게 이 지구에서 쓸어버릴 어마어마하게 위험한 재앙입니다.

이번에 코로나19를 겪으면서 제 주변에 그런 분들이 제법 많으세요. 왠지 이게 우리가 그동안 자연을 너무 괴롭혀서 그런 건가보다, 라고 생각하는 분들이 많습니다. 그런 인식이 조금이라도 있으시다면, 이제부터는 우리가 코로나19와는 비교조차 할 수 없이 어마어마한 재앙, 기후변화에 신경 쓰셔야 하는 겁니다.

어쩌면 우리가 지금 굉장히 비싼 등록금을 내고 있는 건지도 모르겠습니다. 이렇게 많은 사람이 죽어나가고 경제도 이렇게 힘들지만, 긍정적인 관점에서 이 문제를 본다면 어쩌면 뒤에 오는 더 큰 적을 대비하기 위해 이런 고생을 하고 있는 건지도 모르겠다는 생각을 저는 가끔 해봅니다.

여러분이 잘 아시는 전 미국 부통령 엘 고어가 『불편한 진실Incovenient truth』이라는 책도 쓰고 다큐멘터리도 만들어서 기후 위기의 심각성을 알렸다는 공로를 인정받아 노벨평화상까지 받았습니다. 그는 노벨평화상을 받았는지 모르지만, 나아진 건 하나도 없잖아요. 엘 고어가 불편한 진실을 부르짖던 그때보다 진실은 지금 훨씬 더 불편합니다. 말도 못 하게 불편해졌습니다. 과연 이 불편한 진실을 우리가 어떻게 대응해야 하느냐, 이게 우리의 숙제입니다.

지난 5년, 2015년부터 2019년이 인류의 역사에서 기상 정보를 기록한 이래 가장 더운 5년입니다. 지난 10년을 뒤져봐도 비슷한 결과가 나옵니다. 지구가 더워지고 있다는 건 빼도 박도 못 할 진실인 거죠. 왜 이런 일이 벌어집니까? 여러분이 다 아시는 대로 잘 사는 나라들이 너무 방만하게 편안한 생활을 하려고 자동차 많이 타고 에어컨 많이 틀고 난방 많이 하다보니까, 온실 기체가 대기권으로 너무 많이 빠져나와서 지구의 온도를 올려주고 있는 겁니다. 그런데 당하는 건 누굽니까? 저 남태평양의 작은 섬나라 사람들. 투발루, 통가, 이런 나라 사람들. 저 사람들 에어컨 안 써요. 자동차도 몇 대 없어요. 그런데 애꿎게 그 사람들이 당하고 있는 거잖아요. 우리가 편안하게 살고 있는 동안 북극과 남극의 얼음이 너무 많이 녹아서 바닷물의 수위가 계속 올라가다보니까 섬나라 사람들은 가만히 앉아 있는데 물이 점점 집으로 들어오는 거죠. 투발루 사람들은 조만간 뉴질랜드나 호주로 옮긴답니다. 정부끼리 협약이 거의 끝나간다고 하는데요. 저 사람들은 당신이 저지른 것도 아닌데 그냥 나라가 없어지는 겁니다. 고향이 사라지는 말도 안 되는 일이 벌어지는 거죠.

우리도 모든 산업시설, 모든 생활시설이 전부 평지에 있잖아요. 산은 활용하기 어려워요. 그런데 바닷물 수위가 높아지면 우리나라도 우리가 만들어놓은 시설이 전부 잠기는 상황으로 갈 거 아니에요. 그러면 우리는 어느 순간에 할 수 없이 산을 불태우면서 그리로 피신해야 하는 순간이 올 거예요. 불가피하게 고산지대를 불태우면서 거기서 농사를 지어야 하는, 참으로 비참한 현실이 오지 않을지 걱정이 됩니다.

그동안 선진국 사람들이 좀 미안해하기는 했어요. 우리 좀 자제해야 하는 거 아니냐, 우리 때문에 저 불쌍한 사람들이 저렇게 당하는데, 하면서 남의 일인 줄 알았거든요. 그런데 벌써 잊으셨나요? 2000년에 우리나라 장마가 54일 동안 진행됐습니다. 우리 물난리 겪었어요. 그리고 우리 지금 보고 있잖아요. 유럽의 독일, 벨기에, 네덜란드, 이런 나라에서 어마어마한 홍수가 일어나서 사람들이 죽고 집이 떠내려갔습니다.

옛날에는 못 사는 나라에서 재앙이 벌어지면 잘사는 나라 사람들이 원조해주고 봉사활동 가고 했잖아요. 이제는 재앙의 판도가 바뀌었습니다. 잘살고 못사는 게 중요한 게 아닙니다. 우리가 그나마 구축해놓은 이런 시스템들이 지구의 기후변화 때문에 쏟아지는 비를 감당할 수 없는 상태가 되어가는 겁니다. 이젠 모두 같이 당하는 겁니다.

우리는 후손들이 너무 열악한 환경에서 살까봐, 그들도 우리가 자연으로부터 누린 만큼 누릴 수 있게 해주자고 이른바 지속 가능한 발전sustainable development이란 얘기를 지난 몇십 년 동안 떠들고 있어요. 얼굴도 못 볼 우리의 후손들을 위해 우리 좀 자제하고 삽시다, 얘기해봤지만 씨도 안 먹혔습니다.

그런데 정신 똑바로 차립시다. 이제 재앙의 판도가 바뀌고 있습니다. 우리 후손이 당하는 게 아니고 우리가 우리 당대에 당합니다. 이런 일이 이미 벌어지고 있다는 겁니다. 이제는 더 이상 물러설 곳이 없습니다. 기후변화와 생물다양성의 문제, 이 두 문제를 확실하게 챙기지 않으면 앞으로 큰 어려움을 겪을 수밖에 없는 겁니다.

저는 왜 생물다양성이 어떤 의미에서 기후변화의 문제보다 시급한지를 요즘 열심히 얘기하고 다닙니다. 지구의 온도가 1.5도, 2도 올라가는 것도 무지무지 심각한 일이지만, 그 일이 벌어지는 와중에 저희 생물학자들의 걱정은 이번 세기가 끝나기 전에 지구의 생물다양성 절반 정도가 사라질 것 같다는 겁니다.

지구의 동식물 절반이 사라질 때 과연 우리가 살아남을 수 있을까? 저는 어려울 거라고 생각합니다. 어마어마한 식량 대란이 일어날 겁니다. 기름이 좀 부족한 건 나무 때면 될지 모르지만, 먹을 게 없으면 그때는 아비규환이거든요. 옆집을 털어야 내가 우리 아이를 먹일 수 있는 거예요. 이건 사회 체계가 무너지는 겁니다. 이런 어마어마한 일들이 우리 눈앞으로 다가오고 있습니다. 생물다양성의 문제가 훨씬 더 시급하고 훨씬 더 직접적으로 우리를 옥죌 것이라는 게 제 생각입니다.

생물다양성 보전이 중요하다는 것 정도는 대부분 인

식하고 있습니다. 그런데 왜 중요한지는 정확하게 모르시는 것 같아요. 그래서 제가 한번 설명해보겠습니다.

그 설명을 하기 위해서 여러분이 학창 시절에 읽어보셨을 카프카의 『변신』 첫 대목으로 모셔가겠습니다. 자다가 깨어나보니 갑충이 되어 있더라며 시작하는 소설이잖아요. 애벌레가 지금 식물 이파리를 맛있게 먹고 있습니다. 문제는 다 먹고 난 다음에 어떻게 해야 하느냐는 겁니다. 자연계는 워낙 다양해서 똑같은 식물이 바로 옆에서 자란다는 보장이 없습니다. 다 먹고 난 다음에 옆에 있는 식물을 먹어봅니다. 그런데 이게 영 맛이 아니에요. 그러면 이제 고민을 해야 하잖아요.

'맛이 없더라도 어떡할 거야. 여기 있는데 그냥 이거 먹을까? 아니야. 지금 이거 다 먹어치우면 얘랑 똑같은 거 먹을 테야.'

만약 이 곤충이 후자로 결정한다면 그 식물을 찾아 길을 떠나야 하는 거죠. 만약 한 7미터쯤 떨어져서 또 한 그루가 있다고 칩시다. 7미터가 우리한테는 그저 열 발자국이면 갈 수 있는 거리지만, 작은 곤충에게는 그야말로 구만 리 같은 길일 겁니다. 게다가 시력이 탁월해서 7미터 전방을 내다보면서 "저기 있네" 하고 직선으로 달려가는 것도 아니잖아요. 그 곤충은 양쪽에 있는 식물들을 먹어봐야 해요. 이것도 먹어보고, 저것도 먹어보면서 가야 하는 거예요. 굉장한 시간이 걸리겠죠. 그동안 그 곤충이 먹어치운 그 식물은 또 이파리를 내고 생장합니다.

제가 지금 드리는 말씀은, 자연계의 다양성이 일단 확보되면 그게 유지되는 메커니즘이 존재한다는 겁니다. 다양하기 때문에 다양한 선택을 할 수 있고, 그러다보면 다양한 존재들이 함께 공존할 수 있습니다.

그런데 우리가 농사짓는 방법이 문제입니다. 제가 예전에 코스타리카에서 바나나 농장을 잠깐 들렀는데요. 뒷산에 올라서 내려다보면 눈이 모자라게 바나나가 심어져 있습니다. 이게 우리가 농사짓는 방법이에요. 보나마나 얼마 전까지 그곳에는 굉장히 다양한 식물이 섞여 살았을 거예요. 그런데 우리는 들어가서 싹 밀어냅니다. 그곳의 식물 다양성을 완벽하게 제거합니다. 그리고 한

가지로 심습니다. 이게 우리가 농사짓는 방법인데요.

그러면 저 바나나 이파리를 특별히 좋아하는 곤충들에게 이곳은 천국일 겁니다. 그래서 전국에서 몰려옵니다. 분명 어제까지는 예쁜 곤충이었는데 오늘부터는 농부가 해충이라고 부르면서 농약을 뿌려 죽이기 시작합니다. 우리가 만든 농약을 한 번 뿌려서 완전히 제거할 수 있으면 해볼 만할지 모르지만, 그런 일은 안 벌어집니다. 굉장히 많이 죽였다고 생각하고 돌아와보면 그다음 해에 또 갉아먹고 있어요. 그래서 또 뿌립니다. 그런데 이번엔 잘 안 죽어요. 왜 안 죽을까요? 작년에 안 죽은 아이의 후손이 돌아온 거잖아요. 면역력을 가진 아이들의 후손이 돌아왔기 때문에 안 죽어요. 그럼 우리는 어떻게 합니까? 실험실에 가서 더 독하게 수은, 카드뮴 같은 중금속도 집어넣어서 만든 독극물을 뿌리는 겁니다. 이게 우리가 수백 년 동안 농사를 지어온 방법입니다. 그러다가 어느 날 주변 강에서 물고기들이 배를 뒤집기 시작하고, 왜가리가 쓰러져 있고, 동네 사람들이 병원에 가기 시작하는 겁니다.

자연 생태계라는 곳은 먹이사슬로 연결된 하나의 네트워크입니다. 제일 바닥에 있는 작은 것들은 우리가 뿌려놓은 그 독극물의 극히 일부를 섭취하기 때문에 별 영향을 받지 않고 생활을 유지합니다. 그런데 그 작은 것들을 100마리 잡아먹은 송사리는 비틀비틀하고, 그 송사리 50마리를 잡아먹은 왜가리는 넘어지고, 곧 그 최상위에 있는 인간은 병에 걸리는 겁니다. 우리가 뿌린 대로 거두는 겁니다.

제가 여기서 농경을 포기하자는 얘기를 하는 건 아니겠죠. 여러분 중에 『총, 균, 쇠』를 읽어보신 분들이 제법 있을 겁니다. UCLA의 제러드 다이아몬드Jared Diamond 교수님이 『총, 균, 쇠』에서 그냥 대놓고 얘기하시더라고요. "농업은 인류 역사에서 최악의 실수였다"라는 겁니다. 실수였기 때문에 포기하자는 건 아닌데요. 실수는 실수라고 정확하게 얘기해야겠다는 겁니다.

처음부터 우리가 농사를 지을 때 이렇게까지 생물다양성을 완벽하게 말살하고 짓지 않았어도 된다는 겁니다. 우리가 할 수 있는 방법이 있잖아요. 간작, 혼작 등 여러 가지 방법이 있는데, 우리는 싹 밀어내고 한 가지로만 심는 가장 손쉬운 방법을 택한 겁니다. 그런데 그것 때문에 우리가 지금 환경을 어마어마하게 파괴하고 그 악순환의 쳇바퀴에서 빠져나오지 못하고 있는 겁니다. 생물다양성은 이렇게 중요한 이슈입니다. 우리의 삶과 아주 직결된 대단히 중요한 이슈입니다.

저는 평생 대학교수로 살았습니다. 대학에서 학생들을 가르치며 살았는데요. 주변 동료 교수님들 중에는 저와 스타일이 다른 분들도 계시지만, 저는 장 자리에 앉는 걸 별로 안 좋아하거든요. 대학에서 여러 번 학장, 처장, 이런 거 해보라고 하셨는데, 제가 가만히 생각해보니까 학장이나 처장은 허울만 좋지 따지고 보면 다른 교수님들이 연구 잘하고 교육 잘하게 전문 용어로 '따까리'를 하라는 거잖아요. 그걸 제가 왜 합니까? 그래서 요리조리 핑계 대며 한 번도 안 했어요. 사실, 대한민국에서 제일 좋은 직업 중에 하나가 평교수입니다. 그 좋은 직업을 구해놓고 제가 왜 남의 따까리 짓을 합니까? 그래서 그런 거 한 번도 안 하고 제 교육만 하고 제 연구만 하고 제 논문, 제 책만 쓰며, 혼자 잘 먹고 잘산 아주 대표 얌체입니다.

그런 제가 어쩌다가 공립기관을 한번 운영하게 된 겁니다. 이것도 제가 하고 싶어서 한 게 아니라 환경부에서 국립생태원이라는 기관을 만들어놓고 저더러 초대 원장을 하라 그래서 하게 됐습니다. 참 너무너무 힘들었습니다. 이걸 안 할 수가 없었던 게, 2008년에 제가 디자인을 한 거예요. 환경부에서 제게 밑그림을 그려달라고 해서 제가 기획한 기관이다보니, 밑그림 그린 놈이 토대도 닦는 게 옳다고 하도 그러셔서 난생 처음 국가기관의 기관장을 다 해봤습니다. 참 힘들더군요.

저는 국립생태원에서 어떤 연구를 하면 좋을지를 고민했습니다. 그래도 제가 초대 원장인데, 앞으로 국립생태원이 해나가야 할 연구의 방향성을 제시할 수 있는 위치에 있다고 생각해서 고민하다 우리 국립생태원은 두 갈래의 연구를 하자고 제안했어요. 그중에 하나는 climate change science, 그러니까 기후변화에 관련된 과학 연구를 해야겠다는 거고, 또 하나는 diversity ecology, 생물다양성 생태학을 해야 한다는 겁니다. 그러니까 저는 국립생태원이 기후변화와 생물다양성, 이 두 가지를 연구해야 한다며 토대를 깔아놓은 겁니다.

제가 2013년에 생태원장으로 부임했는데, 2014년에 우리나라 평창에서 CBDConvention on Biological Diversity라고 부르는 유엔 산하 국제기관인 '국제 생물다양성 협약'의 당사국 총회가 열렸습니다. 어쩌다가 제가 의장으로 추대되어 그때부터 다음 당사국 총회가 열릴 때까지 2년 동안 의장을 하게 됐습니다. 그래서 졸지에 생물다양성에 관한 국제기구도 한번 운영해보게 된 겁니다.

그리고 2018년에는 '유엔 기후변화 협약UNFCCC'라는 기구에서 갑자기 제게 연락을 주셨습니다. 제가 챔피언이 됐답니다. 그래서 제가 농담으로 "아니, 내가 권투계에서 은퇴한 지가 언젠데 또 챔피언을 하라고 하냐" 이렇게 농담을 했는데요. 용어가 이상하긴 한데, 일종의 명예대사 같은 겁니다. 세계에서 네 분을 선출했다고 그러더라고요. 필리핀의 여성 국회의원, 그리고 저 남태평

양의, 물에 잠기는 나라 중 하나인 통가의 여성 시민운동가, 그리고 굉장히 환경친화적으로 기업을 운영한다는 이집트의 기업인, 그리고 저. 다른 분들은 이해가 되는데 대학교수인 나는 왜 뽑았냐고 그랬더니, 2016년에 우리나라에서 회의가 있었는데, 그때 환경부에서 제게 기조강연을 해달라고 해서 한 30분 동안 영어로 강연했던 걸 본부 사람들이 와서 들었다고 해요. 그래서 "우리 저 사람 강연 시키자" 이렇게 됐답니다.

저는 말하자면 엘 고어 아바타가 된 겁니다. 시간만 있으면 UNFCCC 행사가 벌어지는 곳 어디든 달려가서 기후변화가 왜 중요한지 강연해달라는 거죠. 물론 엘 고어 부통령도 그런 일을 하러 다니시지만, 그분의 아바타로서 저도 이제 그런 일을 해달라는 겁니다.

그래서 제일 처음 간 곳이 이집트였는데요. 이집트에 가서 한 시간 동안 강연을 했는데, 강연이 끝나고 놀라운 일이 벌어졌어요. 국내에서는 제가 강연하고 나면 사인해달라는 일이 가끔 있습니다. 그런데 외국에서는 그런 일 없거든요. 갑자기 그날 제 앞에 사람들이 줄을 섰어요. 한 스무 명 정도가 줄을 서버린 거예요. 외교부, 환경부 직원들이 두세 명 같이 갔었는데, 옆에서 "교수님 인기가 여기서도 장난이 아니네요" 그래서 제가 "나도 지금 이게 무슨 상황인지 이해가 안 된다"라고 했어요. 그런데 이분들과 얘기를 나누다보니까 뭔지 알게 됐습니다.

저는 생물학자다보니 그동안 주로 생물다양성 쪽의 국제기구나 국제회의에 다녔어요. 그런데 어쩌다가 기후변화 쪽에서도 저를 부른 겁니다. 명예대사로 가서 제가 이날, 조금 전에 국립생태원장으로서 두 가지 연구를 해야 한다고 갈래를 잡은 것처럼 기후변화가 굉장히 위험하고 무서운 현상이긴 하지만, 어떤 의미에서 기후변화보다 더 직접적이고 더 빠른 시일 내에 우리 인간을 괴롭힐 게 생물다양성의 감소일 거라는 강연을 했습니다. 이런 얘기를 한 시간 동안 떠들었어요.

제가 주로 다니는 생물다양성 쪽의 사람들은 기후변화에 대해서 잘 압니다. 우리는 공부를 많이 합니다. 기후변화가 생물다양성을 감소시키는 큰 원인 중에 하나라는 걸 잘 알기 때문에 기후변화를 연구해야 합니다. 그런데 참 놀라운 것이, 기후변화 쪽 분들은 생물다양성에 대해서 아는 게 없으시더라고요. 별로 생각을 안 하세요. 그냥 기후가 변하고 있다, 기후 위기다, 기후, 기후, 기후, 이러고 있는데, 엘 고어 아바타라는 놈이 나타나서 기후변화만 중요한 게 아니라 기후변화로 인해서 생겨날 생물다양성의 고갈이 더 중요할 거라고 말하고 있는 겁니다. 그래서 감동받았다며 줄을 서버린 겁니다.

네, 저는 생물다양성의 문제가 우리가 더 초점을 맞춰야 하는 문제라고 생각합니다. 이번 팬데믹도 결국은 생물다양성의 문제입니다.

우리 호모 사피엔스가 지구에 등장한 것이 지금으로부터 약 25만 년 전이에요. 그런데 처음 24만 년, 압도적으로 그 긴 시간 동안 우리는 진짜 별 볼 일 없는 하찮은 존재였습니다. 저 아프리카 초원에 빌빌거리고 돌아다니던 별 볼 일 없는 그런 동물이었어요. 그런데 지난 1만여 년 동안 농경을 하면서 우리가 갑자기 엄청나게 성공한 동물이 된 겁니다.

그래서 우리 생물학자들이 계산을 한번 해봤어요. 농경을 하기 전인 지금으로부터 약 1만여 년 전으로 돌아가서 우리의 존재감을 한번 계산해보았습니다. 그 당시 우리 전체의 무게와, 우리가 기르던 동물이 있으면 그 무게를 합해보자는 겁니다. 저희가 지금 DNA 연구를 해보면 개를 기르기 시작한 건 4만 년 정도 전이고, 고양이는 3만 3천 년 전쯤 됩니다. 농경을 하기 전에도 우리는 개, 고양이를 데리고 살았다는 겁니다. 그래서 그 둘의 무게를 합해본들, 약 1만여 년 전에 지구에 사는 모든 포유동물과 새의 전체 무게에서 우리가 차지하는 비율은 1퍼센트가 안 됐습니다. 저희는 그렇게 하찮은 존재였습니다.

그런데 지난 1만 년 동안 우리는 농업혁명, 산업혁명, 정보혁명, 로봇혁명, 별의별 혁명을 다 일으키더니 완전히 지구를 뒤덮었습니다. 2024년 현재, 그 계산을 다시 해보자고요. 먼저 우리 인간 전체의 무게를 계산해야 하잖아요. 그러면 80억 마리, 죄송합니다, 제가 동물학자라서 대충 마리 수로 세는데, 80억 마리 곱하기 60킬로그램 아니면 65킬로그램 정도 하면 인류 전체의 무게가 나옵니다. 거기에 우리가 지금 기르고 있는 가축들, 소, 돼지, 양, 오리, 메추리, 타조, 그리고 동물원에 가둔 동물들 무게를 다 더하자는 겁니다. 어느 동물까지 넣느냐에 따라 계산이 조금 왔다 갔다 할 겁니다.

저희들이 계산해보니, 지금 이 순간 우리와 우리가 기르는 가축의 무게가 포유동물과 조류 전체의 무게에서 차지하는 비율이 96~99퍼센트입니다. 이런 반전은 일찍이 지구 역사에 없었습니다. 불과 1만여 년 전 우리가 1퍼센트 미만이었습니다. 그런데 지금은 우리를 제외한 나머지를 1퍼센트 남짓으로 줄여버리고, 우리가 완벽하게 지구를 정복했습니다.

그러니 지금 야생동물 몸에 붙어 사는 바이러스나 박테리아가 어느 날 좁아서 못 살겠다고 이주하면 거의 99퍼센트가 호모 사피엔스 아니면 호모 사피엔스가 기르는 동물이라는 겁니다.

지금 우리 시골에서 늘 겪고 계시잖아요. 조류독감. 우리 십몇 년째 해마다 겪고 있습니다. 돼지독감. 산에서 지금도 멧돼지 사살하고 있습니다. 드디어 우리도 당하기 시작한 겁니다. 이런 일이 왜 생긴 건가요? 생물다양성의 불균형이 너무나 극심해졌습니다.

여러분, 블루오션이라는 경영학 용어를 아십니까? 새로 생긴 시장을 우리가 블루오션이라 합니다. 새로 생긴 시장이기 때문에 아직 경쟁자가 별로 없어서 기가 막히게 대박치기 좋은 시장, 이런 아주 매력적인 시장을 블루오션이라고 해요. 바이러스에게는 지금이 블루오션이에요. 그들은 그들의 존재 역사에 이런 초호황을 누려본 적이 없습니다. 지금 장사가 너무 잘돼서 어쩔 줄 몰라 하는 겁니다. 감염시킬 존재들이 주변에 너무 많아요. 그리고 늘 다닥다닥 붙어 있어요. 감염시키기 너무 좋아요. 우리 인간의 숫자가 확 줄어들지 않는 한, 아니면 우리가 기르는 가축의 수를 줄이지 않는 한, 또는 저 야생동물들이 사는 숲의 공간을 획기적으로 늘려주지 않는 한, 앞으로 이런 일은 자꾸 벌어질 수밖에 없다는 겁니다. 이 생물다양성의 불균형을 바로잡지 않는 한 계속 벌어질 수밖에 없다는 겁니다.

제가 생물다양성 얘기를 기왕에 시작했으니, 한두 가지 참 안타까운 현장을 얘기해드려야 할 것 같아요. 제가 직업은 대학교수지만 벌써 25년째 신문에 글을 쓰고 삽니다. 저 같은 사람을 논객이라고 부르잖아요. 한 25년을 신문에 글 쓰다보니, 참 별의별 글을 제가 다 썼더라고요.

2007년에는 '철새들을 위한 변호.' 제가 철새들과 담소를 나누다가 그 친구들이 변호사 선임이 어렵다고 한탄하는 걸 듣고, 내가 자격증은 없지만 한번 노력해보마, 하고 자진한 겁니다.

아까 말씀드린 대로 해마다 연례행사처럼 벌어지는 살처분 현장. 오리 농장 주인께서 신고를 합니다. 오리 한두 마리가 비틀거리는 게 좀 수상하다. 그러면 복지부가 달려가 시료를 채취해서 검사를 해봅니다. 고병원성 AI 바이러스가 검출이 됐다고 하면 그다음 날로 복지부 직원들이 백의의 천사가 돼서 현장에 투입됩니다. 오리 한 마리 한 마리 소중하게 목숨을 거둬들이는 게 정상인데 시간이 없다는 핑계로 구덩이를 파고 그 안에 산 채로 오리를 끌어 묻습니다.

제가 작년 3월에 국회 공청회에서 기조발제를 부탁받아 참 말도 안 되는 제안을 했는데, 시민단체에서는 환호를 부르짖었고, 정부에 계신 분들은 되게 불편해하시더라고요.

누군가는 살처분 결정을 내려야 하는 거잖아요. 살처분하라는 기안에 사인하는 분이 계실 거 아니에요. 그 복지부 고위공직자께서는 반드시 본인이 직접 현장에 참여하는 법안을 만들어달라고 했어요.

제가 여러분을 만나서 얘기를 들었습니다. 복지부 직원 중에 저런 현장에 한 번이라도 차출됐던 분은 밤에 잠을 못 이루신답니다. 눈을 감으면 구덩이 속으로 빨려 들어가며 지르던 오리들의 소리가 너무나 크게 들려서 잠을 못 주무신답니다. 이건 할 필요도 없는 일이고요, 해서는 안 되는 일입니다. 그런데 남의 일 보듯이 그냥 찍 하고 사인하는 그분, 반드시 가서 같이 하라는 겁니다.

우리나라 복지부는 툭 하면 철새가 옮겨줬답니다. 근거도 없습니다. 그들이 갖고 있는 자료는 이겁니다. 천수

만에서 철새 사체가 몇 개 발견됐답니다. 가서 조사해보니, 고병원성 AI 바이러스가 검출됐답니다. 주변의 분변에서도 AI 바이러스가 검출이 되더라는 겁니다. 그런데 40킬로미터 떨어진 충남의 어느 오리 농가에서 고병원성 AI 바이러스가 발생했답니다. 그러므로 철새가 옮겨줬답니다.

무슨 이런 과학이 있어요? 제가 평생 과학자로 살았는데, 이건 과학도 아닙니다. 저는 시베리아에서 고병원성 바이러스에 감염된 철새께서 우리나라까지 못 오실 거라고 생각합니다, 너무 힘들어서. 그런데 그분이 천신만고 끝에 천수만에 내려앉으셨다고 칩시다. 그 철새께서 무슨 억하심정에, 아니면 무슨 사명감에 기어이 내가 갖고 있는 이 바이러스를 한국에 있는 내 오리 동료들과 공유하고야 말겠다고 그 아픈 몸을 이끌고 40킬로미터를 날아와서 오리 농장에 들어가 전달했겠습니까. 이게 무슨 말이나 되는 얘기입니까?

누가 옮겼어요? 자동차가 옮겼고 사람이 옮겼습니다. 철새가 옮긴 게 아니잖아요.

제가 이런 글을 또 쓰고 말았습니다. 2019년에는 '멧돼지를 위한 변호.' ASF, 아프리카 돼지열병이라는 바이러스 질병입니다. 북부 아프리카에서 발생한 질병인데, 도대체 우리나라 멧돼지들께서 어떻게 감염이 되셔서 우리 돼지들한테 옮겨줬다는 겁니까? 그날 공청회 때 국회의원님들이 몇 분 계시길래, 제가 또 쓸데없는 쓴소리를 하고야 말았네요.

"의원님들, 가끔 언론에 보니까 해외 벤치마킹한다고 나가셨다가 관광한 게 걸리셔서 추태 보이시던데, 제 생각에 아마 우리나라 멧돼지들께서 예산이 남아서 해외로 벤치마킹 다녀오셨나봐요. 우리 피라미드 구경 좀 갔다 옵시다, 해서 이분들이 다 비행기 타고 이집트 가서 놀다가, 튀니지 갔다가, 모로코 갔다가 감염이 되어 오셔서 가만히나 계시지, 왜 돼지 농장은 시찰하셔서 옮겨주시고, 아이 왜 그러셨어요?"

누가 옮겼어요? 누가 옮겨 다녔어요? 비행기가 옮겨 다녔고 자동차가 옮겨 다녔고 사람이 옮겨 다녔고 사료가 옮겨 다녔습니다. 멧돼지가 옮겨 다니지 않았습니다.

그런데 지금 우리는 멧돼지를 죽이고 있습니다.

저는 이 상황 전체가 정말 이해할 수 없는 상황이라고 생각합니다. 뭐가 문제입니까? 우리가 가축을 기르는 방식이 문제잖아요. 우리는 그동안 알 잘 낳는 닭, 육질이 좋은 오리, 소를 만들어내려고 수만 세대의 인위 선택을 해왔습니다. 좋은 형질만 남겨서 그것들끼리만 짝짓기 시켜왔습니다. 그래서 황우석 박사의 도움도 필요 없이, 우리가 지금 기르고 있는 가축들은 거의 확실하게 복제 동물 수준입니다. 유전자 다양성이 싹 사라졌습니다.

그래서 한 마리만 걸려도 옆의 아이들이 계속 걸리는 겁니다. 게다가 우리는 평소에 이들에게 절대로 사회적 거리두기를 허용하지 않습니다. 다닥다닥 붙여서 공장식으로 사육합니다. 사회적 거리가 형성되어 있지 않으니 한 놈만 걸려도 옆에 있는 놈이 그냥 걸리는 겁니다.

이게 문제인 거지, 야생동물이 문제가 아닙니다. 야생동물들은 늘 그렇게 살아왔습니다. 그들 중 일부는 바이러스로 인해 죽습니다. 하지만 야생동물들은 좀처럼 대규모로 몰살당하지 않습니다. 면역력이 약한 몇몇이 죽는 거고, 그 빈 공간을 강한 자의 후손이 또 메우고 삽니다.

제가 하나 여쭤볼까요? 여러분은 혹시 신문기사 제목으로 '독감으로 일가족 몰살'이란 제목을 들어보신 적 있으신가요? 없을 겁니다. 그런 일 잘 안 벌어져요. '화재로 일가족 몰살'은 들어보셨죠? 화재로는 일가족이 몰살합니다. 독감으로 일가족이 몰살하는 일은 거의 없어요. 아빠는 독감에 걸려서 회사 못 간다고 드러누웠지만, 엄마는 팔을 걷어붙이고 아빠도 간호하고 집 안 청소도 하고 저녁도 차립니다. 아빠는 쓰러졌는데 엄마는 왜 안 걸렸을까? 아빠, 엄마 두 분이 다른 집안에서 오셨잖아요. 유전적으로 서로 다른 분입니다. 그래서 언제나 함께 걸리는 게 아니잖아요. 두 사람이 서로 다른 유전자를 섞어서 낳은 아들딸들도 몽땅 걸려서 한꺼번에 다 죽는 게 아니고, 오빠는 걸려도 동생은 안 걸립니다. 우리 그냥 그렇게 사는 겁니다.

그런데 왜 우리가 기르는 가축들은 똑같이 만들어놓고 다닥다닥 붙여 키우면서, 무슨 일 생기면 멀쩡한 애들까지 한꺼번에 몽땅 죽여버려야 하는 겁니까? 이건 아니라는 겁니다.

윌리엄 해밀턴 교수님은 수학만 좋아하신 게 아니고, 유작으로 소설도 남겨놓으셨어요. 문학도 굉장히 사랑하셔서 그 어려운 과학 논문 중간중간에 문학적 표현을 거침없이 쓰셨어요. 그중의 한 문장을 제가 소개합니다.

"Nature abhors pure stands."

저는 이걸 우리말로 "자연은 순수를 혐오한다" 이렇게 번역합니다.

아니, 우리는 자연이 순수한 곳이라고 배웠는데 자연이 순수를 혐오한다니, 이게 무슨 소리야? 여기서 '순수'라는 건 다양성이 쏙 빠져 그저 한두 개 남았으니까 그걸 순수하다고 하는, 약간의 빈정거림이 섞여 있는 표현인 거죠. 자연은 순수를 혐오한다. 자연은 결코 순수해지지 않는다는 겁니다.

자연은 시간을 두면 점점 더 다양화합니다. 여러분이 지금 계속 듣고 계시잖아요. 코로나바이러스는 알파, 베타, 델타, 오미크론, 변이가 계속 일어납니다. 바이러스는 가만히 있지 않습니다. 끊임없이 변신합니다. 자연은 원래 그런 곳입니다. 변이가 많이 생겨서 축적이 되면 새로운 종도 되는 거고요. 이게 자연입니다. 다양성이 중요합니다.

인간 없는 세상

인간이 아니었다면 환경은 파괴 없이 유지될 수 있었을까요? 이 질문에 대한 답을 드리면, '그렇습니다'입니다. DMZ의 경우만 봐도 70년 가까이 인간의 접근이 완전히 차단되자 자연이 그럴 듯한 모습으로, 놀라운 모습으로 돌아왔습니다. 그러니까 인간만 없다면 그렇게 되지 않을까 싶어요.

『인간 없는 세상World Without Us』이라는 책이 있습니다. 미국의 언론인 앨런 와이즈먼이 쓴 책입니다. 그 책은 어느 순간 인간이 멸종하면 무슨 일이 벌어질지를 상상

해서 쓴 책이에요. 굉장히 재밌고, 상도 많이 받았습니다.

책은 뉴욕 맨해튼의 지하철부터 설명합니다. 지금 서울 지하철 중에서 어떤 곳은 무지막지하게 깊이 들어가잖아요. 그게 가능한 건 우리가 전기를 사용해 모터를 돌려서 물을 계속 뽑아 올리기 때문이죠. 그런데 인간이 사라지면 거기부터 물이 차올라서 아무도 들어갈 수 없는 상황이 되고 맙니다. 그다음에는 식물들이 뿌리를 내리고 자라기 시작하고, 사슴들이 맨해튼에 걸어 다니는 거죠. 이런 과정을 나름 과학적 근거를 바탕으로 쓴 겁니다. 건물들은 그대로 남아 있을 거 아니에요. 콘크리트로 지어놔서 빨리 안 넘어질 거 아니에요. 그것들은 그냥 있지만 그 틈새로 식물들이 자랄 거고, 동물들이 돌아다닐 거라는 거죠. 인간의 관점에서 보면 참 보기 흉해요. 우리 눈에는 그게 다 폐허로 보일 거 아니에요. 그런데 동물들은 아무 상관 없이 잘 살 거라는 거죠.

인간만 사라져주면 자연은 굉장히 행복해질 수 있다는 건데, 대체로 맞는 애기입니다. 몇 년 전에 앨런 와이즈먼이 한국에 왔을 때 저와 대담하며 몇 마디 주고받았어요. 그때 제가 한 질문 중 하나가 "선생님이 언론인이고 생태학을 전공하시지 않으셔서 그런 문제까지는 책에 반영하지 못하신 것 같은데……" 이러면서 핵심종 얘기를 했습니다. 최상위권 포식자가 사라지면 자칫하면 생태계의 균형이 깨지는 수가 있다.

요세미티 국립공원이 그 과정을 거쳤잖아요. 늑대와 산사자를 다 없애버렸더니 초식동물들이, 그중에서도 사슴류가 엄청나게 불어났어요. 사슴은 번식력도 좋아요. 그런데 사슴이 풀을 너무 많이 뜯어 먹으니까 식물 생태계가 시름시름 무너져내리기 시작하면서 결국 사슴들도 많이 죽었습니다. 때로는 최상위 포식자가 있어야 생태계 유지가 가능하다는 거예요. 그런 차원에서 보면 갑자기 인류가 사라졌을 때 과연 생태계가 바람직한 방향으로만 갈 수 있을까?

그 양반의 대답이 재미있었어요. "그것까지 우리가 걱정해야 합니까?" 그런 과정을 거쳐서 어수선하게 자연은 자기 모습을 찾아가는데 우리가 그것까지 걱정해야 하냐는 거예요. 그래서 제가 '맞습니다' 하며 제 질문을 철회했습니다.

그런 면은 있을 수 있지만 기본적으로 우리 인간이 사라져주면 지구 생태계는 고맙죠. 가끔 어떤 분들이 지구의 미래가 걱정된다고 하면, 제가 웬 오지랖을 부리시냐고 해요. 지구는 좋아요. 인류의 미래가 걱정되는 거죠. 인류만 사라져주면 지구는 잘 지낼 거예요. 그래서 "지구의 미래를 걱정하실 필요는 없다. 인류의 미래를 걱정하는 것은 타당하지만, 지구의 미래까지는 걱정 안 하셔도 좋습니다. 지구는 잘 지낼 겁니다"라고 말씀드립니다.

사실 우리 인간이 청지기로서 제대로 역할을 하면 지구에 좋은 영향을 미칠 수도 있는 건데, 지금은 한계를 넘어선 것 같아요. 이미 우리는 지구 생태계가 유지해줄 수 있는 호모 사피엔스의 개체군 크기를 넘어선 거잖아요. 어떤 사람이 계산해봤더니 30억 명 정도가 인류의 인구 규모로 적절하다고 하더라고요. 그런데 우리는 농업혁명에 이어 녹색혁명까지 거치면서 지구가 우리를 유지해줄 수 있는 수용 능력carrying capacity 이상으로 살고 있는 거잖아요.

어떻게든 사람의 숫자를 서서히 줄여가면서 어느 선을 잘 유지할 수 있는 단계로 갈 수 있다면, 제 생각에는 인간도 지구에서 존재할 수 있는 시간이 연장될 겁니다. 지금까지 우리가 조사해놓은 데이터들을 보면, 포유류 종들은 평균적으로 한 50만 년에서 1백만 년 사이를 생존하다가 멸종했어요. 우리 인류가 이제 30만 년 정도 살아왔으니까, 운 나쁘면 한 20만 년 정도 남은 거고 운 좋으면 한 70만 년 남은 건데, 우리가 어떻게 하느냐에 따라서 이 기간이 어느 정도 판가름 날 겁니다.

우리나라의 저출생 문제가 엄청나게 심각하잖아요. 그런데 전 지구적으로 진화적인 관점에서 보면 지극히 현명한 겁니다. 역시 대한민국의 여성들은 유능하다. 지금 경제학자들의 논리에 의하면 노동력이 줄어서 가난해지는 걸 걱정하는 건데, 현명하게 다른 길을 잘 찾으면 되지 않을까요. 인구가 얼마 안 되지만 잘사는 유럽의 작은 나라들을 보면 예가 없는 것도 아니잖아요. 전 세계의 아주 대단한 구조 조정을 통해 인구가 줄어들면 환경 문제도 저절로 좋아질 거예요. 모든 환경 문제가 궁극적으로 인구 문제니까. 그런 논의가 하여간 아직은 제대로 진행되고 있는 것 같지는 않아요.

분명히 거칠게 얘기하면, 지구의 입장에서는 호모 사피엔스가 하루빨리 사라지는 게 정답입니다. 그래야 일이 풀리는 거예요. 우리 입장에서는 가기 싫으니까, 우리가 어떻게 우리의 구조를 잘 조정해서 살아남을지를 고민해야 될 때가 온 게 아닐까, 한계에 다다른 상황이 아닌가 싶어요.

지금 여러 가지 문제들을 다 고민하고 있잖아요. 기후변화 문제를 고민하고 그러는데, 그런 모든 문제의 핵심에 어쩌면 인구 문제가 있다는 거죠. 줄어야 한다는 거거든요, 궁극적으로는.

다들 지금 우리나라를 걱정해주고 있어요. 분기별로는 금년도에 이미 출생률 0.7퍼센트를 달성했어요. 작년에는 0.78이었고. 내년에 금년 출생률이 계산돼서 나올 텐데, 어떤 사람은 0.7 밑으로 나올 거라고 예측하고 있어요. 0.68, 0.69를 예측하는 사람들이 지금 많은데, 그건 정상적인 생물이면 절대로 해서는 안 되는 거잖아요. 유성생식을 하는 생물인데 두 사람이 만나서 0.6~07명을 탄생시키면 소멸의 과정에 들어섰다는 거니까. OECD에서 계산까지 아주 해줬잖아요. 우리나라는 3백여 년 후면 한 명도 남지 않는다. 그러니까 대한민국은 그냥 소멸된다고.

심각한 문제임에는 틀림없지만 역설적으로 보면 대한민국이 지금 인류에게 어떤 길을 가야 하는지를 먼저 보여주고 있는 건지도 몰라요. 이게 위험한 발언이겠지만, 어쩌면 우리 대한민국 여성들이 역시 미래를 앞서가고 있는 게 아닐까, 그런 생각도 합니다.

그런데 사실 세계 인구가 지금 감소하고 있는 건 아니에요. 출생률 자체는 조금 감소했지만, 워낙 모집단이 커져버렸어요. 우리가 10억에서 20억으로 늘어나는 데 100년 이상 걸렸거든요. 지금은 70억에서 80억 되는데 11년밖에 안 걸렸어요. 모집단이 크니까 10억이 늘어나는 기간도 짧아지는 거죠. 지금 80억에서 90억은 9년 걸릴 거라고 예측하고 있어요. 90억에서 100억 되는 것도 한 9

년으로 보고 있고요.

아직은 우리가 줄어든 게 아니죠. 출생률은 약간 숨고르기를 하고 있어요. 그렇게 된 이유 중 하나가 아무래도 환경이 나빠진 것도 있겠지만, 열심히 우리가 노력한 면도 있어요. 대한민국은 산아제한 정책을 국가 차원에서 성공시킨 아주 대표적인 나라거든요. 아프리카 여러 나라에 우리가 모범이 되는 나라인데, 그 모범이 되는 나라가 이제는 걱정거리가 됐다는데, 진짜 걱정인가를 역설적으로 한번 생각해보자는 거죠.

이런 와중에 곤충이 무서운 속도로 사라지기 시작했습니다. 그런데 곤충이 사라지면 그 타격이 너무 급격하게 올 것 같은 거예요. 이미 증거들이 나타나고 있어요. 곤충계가 완전히 붕괴된 건 아니라도 계절이 서로 안 맞아서 자꾸 삐걱거리는 일이 벌어지고 있어요. 그걸 저는 생태 엇박자ecological mismatch라고 부릅니다.

우리나라의 절기라는 건 말하자면 어마어마한 빅데이터잖아요. 오랫동안 우리 조상님들이 날씨가 변하는 것에 맞춰 농사를 어떻게 준비하는지 축적해놓은 기가 막힌 빅데이터인데, 그게 지금 안 맞잖아요. 지금 거기에 맞춰서 농사짓고 있지 않아요. 저 어렸을 때만 해도 우수, 경칩, 청명이 오면 할아버지가 뭔가 준비하기 시작하시더라고요. 그거에 딱 맞춰서 농사 준비를 착착 하셨는데, 지금 그렇게 하면 다 틀린다고 해요.

오래전에 유럽에서 충격적인 논문이 나왔어요. 아프리카에서 겨울을 나고 유럽으로 오는 철새들의 시일은 오랫동안 안 변했어요. 큰 동물이니까 환경을 감지하는 게 조금은 복합적일 거 아니에요. 그래서 옛날보다 좀 따뜻해진 건 있지만, 그렇다고 해서 갑자기 "날씨가 이상하다. 우리 일주일 빨리 유럽으로 가자" 이렇게 안 한단 말이에요. 서서히 조금씩 반응이 오는데, 곤충은 몸집도 작고 생태계의 변화에 훨씬 민감해요.

이건 덴마크에서 조사한 건데, 철새들이 와서 알을 낳고 그 알이 부화하면 그때 곤충이 필요하거든요. 새들은 아기 때 절대적으로 곤충 단백질을 먹어요. 엄마, 아빠가 열심히 곤충을 잡아다가 새끼들을 먹였지요. 그런데 기온이 오르자 곤충은 일찍 번식해버린 거예요. 한두 주 엇갈려서 곤충은 이미 번식기를 마감하는 때에 새들이 번식을 시작한 거예요. 이게 안 맞아서 무려 80퍼센트의 철새들이 죽었어요. 그게 어마어마한 대사건으로 논문이 나오고, 그때 생태 엇박자라는 개념이 소개된 거죠.

지금 이런 일들이 계속 벌어지고 있어요. 곤충이 특별히 엇박자의 핵심에 들어 있어요. 곤충들이 한창 번식할 때 다른 동물들도 거기에 번식기를 맞췄는데, 이게 안 맞아떨어지니까 아주 치명적인 거죠.

우리나라의 제비가 왜 사라졌을까? 우리는 그동안 대기오염과 환경오염 때문이라고 생각했는데, 저는 요즘 그것도 우리가 모르는 사이에 이런 생태 엇박자가 있었던 건 아닐까, 추측해봅니다.

맺음말

손잡지 않고 살아남은 생명은 없습니다

지난 3년, 코로나를 겪으면서 제가 많이 철학적인 사람이 되었는데요. 혹시 우리 인류의 불행의 근원은, 끊임없이 다양화하는 자연 속에 살면서 끊임없이 다양성을 말살하다가 자초한 게 아닐까, 하는 생각이 듭니다.

자연에 있는 생물다양성을 말살하는 건 두말할 나위도 없고요. 우리는 우리 사회에서도 끊임없이 문화 다양성을 말살하고 삽니다. 말로는 다양한 목소리가 필요하다고 하면서 회의할 때 어떤 분이 좀 이상한 소리만 해도 다 째려보잖아요. 저 사람이 왜 저따위 소리를 해. 우리가 회의를 하는 목적이 뭘까요? 한목소리로 통일하려고 회의하는 게 아닐까요?

우리는 반드시 한목소리를 내야 편안해합니다. 일사불란해야 하고 질서정연해야 합니다. 우리는 다양한 우리 아이들을, 그 개성 넘치는 우리 아이들을 학교에 보내서 꼭 일렬로 줄 세우고 한 가지 시험을 보게 한 다음 일렬로 성적을 매기고, 다양성과 창의성을 말살해버립니다. 어쩌자고 우리가 자꾸 이러고 사는지……. 저는 그래서 어쩌면 생물다양성의 문제로 국한할 게 아니라 다양성의 문제 전반이 위기에 놓인 게 아닐까, 그런 생각을 합니다.

하여간, 생물다양성 문제만 생각한다고 해도 참 어려운 문제입니다. 제가 이렇게 열심히 설명해도 제 강연이 끝나고 나면 금방 또 잊어버리실 거예요. 그나마 기후변화는 좀 나아요. 왜? "내가 이 동네에 살면서 이런 놈의 날씬 처음 겪는다"라고 말씀하셔서 "기후변화 때문에 그렇습니다"라고 말씀드리면 금방 고개를 끄덕이십니다. 그런데 생물다양성은 내 눈앞에서 사라지는 게 아니잖아요.

지금 북극곰이 사라지고 있어요. 먹을 게 없어서 너무 말라 길거리를 배회하는 개처럼 보여요. 얼음이 너무 많이 녹아서 북극곰이 사냥을 못 해 굶고 있어요. 얼마나 안타깝습니까. 그런데 제가 이런 말씀을 드려도 조금 지나면 잊어버려요. 우리가 논에 나갈 때 아니면 직장에 갈 때, 퇴근할 때 우리 눈앞에서 북극곰이 빠져 죽는 게 아니라서 생물다양성이 고갈되고 있다는 걸 알리는 게 참 힘드네요.

예전에 생물학과에 다니면서 친구들한테 유일하게 자랑할 수 있는 게 채집여행이었어요. 생물학과는 제가 다닐 땐 거의 최하위 학과니까 자랑할 게 별로 없었죠. 물리학과는 공부 잘하는 애들이 가는 거고, 생물학과는 성적 안 되는 놈들이 가다보니까 물리학과 애들 앞에서는 주눅이 들어 있는데 우리가 유일하게 '우리 이런 거 있다'라고 자랑하는 게 채집여행입니다.

그 여행의 하이라이트 중 하나는 이런 시간이었어요.

교수님이 숙소 외벽에다 흰 천을 하나 걸어요. 그리고 그 뒤에 블랙라이트 등을 하나 켜놓으면 온갖 곤충이 다 그리로 몰려옵니다. 한 30분만 지나면 큰 베드 시트 하나가 온통 까매요. 그럼 그 앞에 교수님이 서서 곤충 한 마리를 손에 잡은 채 설명하고 우리는 거기 앉아서 듣는 거죠.

그게 가장 기억에 남는 장면인데, 제가 지금 학생들을 데리고 지리산 한복판에 들어가 흰 천을 걸어놓고 하루 밤새 기다려도 몇 개 안 붙습니다. 이게 정말 심각한 수준이에요. 그걸 먹고 살아야 하는 작은 동물들은 지금 완전히 몰락하고 있는 거죠. 이 연쇄 반응의 결과가 어떻게 될지 참 암담해요. 그런데 이상하게 이게 미디어로 연결이 잘 안 돼요.

한 2년 전 샌프란시스코에서 열린 학회에서 모여 얘기하는데, 어떤 친구가 일반인들의 이른바 엔토모포비아entomophobia, 즉 곤충을 싫어하는 것 때문에 곤충이 없어진다고 하니까 오히려 반기는 측면도 있어서 뉴스거리가 잘 안 되는 것 같다고 얘기하더라고요. '곤충이 없어지고 있습니다. 걱정스럽던 일이…….' '그게 무슨 걱정이야. 난 좋기만 하고만.' 이런 정서가 있다는 거예요. 그럴 수도 있겠구나 싶더군요.

그리 머지 않은 옛날에 서울을 조금만 벗어나면 벌레가 들러붙어 다들 '으악!' 하며 소리를 지르던 시절이 있었습니다. 지금은 달라졌어요. 지금은 산을 걸어도 벌레 때문에 비명 지르는 소리가 안 들려요. 숲에 벌레가 없어요. 제일 아래에 있는 식물이 빠지고, 그 바로 위의 곤충도 무서운 속도로 빠지고 있다는 거예요. 조만간 자연 생태계가 그냥 무너져 내리는 걸 우리가 보게 될 것 같은데, 그 순간이 지금 어디까지 와 있는지 아무도 모릅니다.

곤충이 누굽니까? 동물계에서 맨 밑바닥을 떠받치고 있거든요. 곤충의 종수는 말할 것도 없고, 개체수가 엄청나게 줄어들면 그 곤충을 먹고 살아야 하는 작은 동물들이 차례로 사라진다는 겁니다. 작은 포유동물들, 새들이 지금 무서운 속도로 사라지고 있습니다.

곤충의 경우에는 종 다양성만 없어진 게 아니고 풍부

도도 없어졌어요. 바이오매스biomass, 즉 생물량 자체가 줄어버린 거예요. 종이 사라지는 건 말할 것도 없고요.

지구의 역사를 돌이켜보면, 생물이 사라지는 건 어제오늘 일은 아닙니다. 적어도 다섯 번에 걸쳐 거대한 대멸종 사건이 있었습니다. 가장 최근이 지금으로부터 6천5백만 년 전 거대한 운석이 멕시코 앞바다에 떨어져서 그게 기후변화를 일으키고 공룡들이 완전히 사라져버린 제5의 대멸종 사건이었습니다. 지금 저희들은 제6의 대멸종 사건이 벌어지고 있다고 얘기합니다.

그전의 사건들은 전부 천재지변에 의해 일어났습니다. 화산이 터지고 운석이 떨어지고 지진이 일어난 겁니다. 지금 제6의 대절멸 사건은 비교적 조용히 벌어지고 있습니다. 천재지변과 아무 상관이 없습니다. 지구의 막둥이 격으로 태어난 호모 사피엔스라는 한 종이 저지르는 장난질 때문에 생물다양성이 사라지고 있습니다. 놀라운 사실은 다 끝나고 나면 지구 역사에서 가장 최대 규모가 될 거라는 겁니다. 이건 아닙니다. 어떻게 지구를 공유하고 사는 생물 한 종이 혼자서 지구를 이렇게 망가뜨릴 수 있습니까? 우리 인간에게 이럴 권리는 없습니다.

유엔은 해마다 그 해를 무슨 해로 정하고 열심히 캠페인을 합니다. 2010년을 '국제 생물다양성의 해International Year of Biodiversity'로 정하고 열심히 해봤습니다. 그런데 아까 제가 말씀드린 대로 기후변화보다 생물다양성의 심각성을 알리는 건 참 힘들었어요. 유엔도 용빼는 재주가 없었습니다. 2010년이 다 가는데 별로 해놓은 건 없는 것 같아서 유엔이 뜻밖의 일을 합니다. 앞으로의 10년을 아예 생물다양성의 10년으로 정하자.

영어에는 우리처럼 '10년'이라 세는 대신 사용하는 단어가 있어요, Decade. 그래서 생물다양성의 10년, 'United Nations Decade on Biodiversity'라는 이름을 붙이고 10년 동안 또 열심히 했어요. 다 지나갔어요. 2011년부터 2020년. 저희가 사실 2019년부터 모여서 작당을 하고 있었는데 코로나 때문에 시들해졌어요. 영어에는 100년이라는 단어도 있잖아요. 'Centennial' 아니면 'Century'라는 단어가 있어요. 그래서 생물다양성의 100년 만들자는 것에 저도 가담해서 열심히 떠들고 있었는데, 코로나 때문에 그냥 흐지부지돼버렸네요. 아쉽습니다.

이 와중에 저는 우리 시대의 살아 있는 성인, 프란체스코 교황님께 너무너무 고맙습니다. 교황님이 2019년 11월에 '생태적 죄Ecological Sin'를 인류의 원죄에 포함시킨다고 선언하셨습니다. 참 어마어마한 사건이었습니다. 교황님이 하신 말씀을 짧게 옮겨보면 이런 겁니다.

이 세상 모든 걸 하느님이 창조하셨다. 그러면 이 세상 모든 건 하느님의 피조물이 아니겠느냐. 그런데 그 피조물들 중에서 어떤 하나가 자기가 힘이 좀 세다고, 제가 누구 얘기하는지 가슴에 손을 얹으면 다 느끼시죠? 네, 호모 사피엔스의 얘기입니다. 자기가 좀 힘이 세다고 하느님이 만드신 다른 피조물들을 마구 유린하며 죽이고 있는데, 하느님이 그걸 내려다보시면서 심히 흡족하다고 하실 리가 있느냐. 어느 손가락 하나 깨물어 아프지 않은 손가락이 없건만, 다 하느님이 만드신 건데 그걸 어떤 한 놈이 망가뜨려버리면 하느님이 얼마나 후회하고 계시겠냐는 거예요. 내가 저놈만 만들지 않았어도, 저 호모 사피엔스만 만들지 않았어도 지금 이 모양이 꼴은 아니었을 텐데……. 이게 원죄가 아니면 뭐가 원죄겠느냐.

교황님이 저 말씀 하시고 두 달이 안 돼서 코로나19가 터졌습니다. 아마 교황님은 뭔가 심각한 게 밀려오고 있다는 걸 느끼셨던 게 아닌가, 그런 생각이 듭니다.

답은 아주 간단합니다. 꼭 제가 제 입으로 이런 얘기를 해야만 여러분이 알 것도 아닙니다. 기후변화와 생물다양성의 문제, 그리고 이런 엄청난 팬데믹, 이런 걸로부터 우리 스스로를 보호하는 길은 자연을 보호하는 것밖에 없습니다. 자연이 망가지기 시작하면 이런 일들은 끊임없이 벌어질 수밖에 없다는 겁니다.

이번에 우리는 그나마 운이 참 좋았습니다. 왜 이런 와중에 운이 좋다고 하나 그러실지 모르지만, 예전에는 이런 유행병이 터지고 백신을 만들어서 공급하는 데까지 적어도 10년 내지 15년이 걸렸습니다. 그런데 이번에 우리는 1년 안에 백신을 만들었습니다. 어떻게? 생명과학자들 덕택에. 네, 여러분을 누가 구해내는 줄 아십니까? 생명과학자들이 구하고 있는 겁니다. 생명과학의 힘으로 지금 인류가 이 엄청난 재앙에서 빠져나오기 시작한 겁니다. 정말 고마운 일입니다. 다음번에 이런 일이 터졌을 때도 생명과학자들은 밤을 새며 일할 겁니다.

그런데 운이 또 좋으리라는 법은 없잖아요. 운이 좋다고 칩시다. 1년 만에 백신을 만들었다고 칩시다. 그래도 4~5백만 명은 또 죽을 거잖아요. 그렇기 때문에 저는 백신만이 답은 아니라고 생각합니다.

그래서 제가 따로 백신 두 개를 제조했습니다. 행동 백신behavior vaccine과 생태 백신Eco-vaccine. 이건 실험실에서 만드는 백신이 아닙니다. 손 잘 씻고 마스크 잘 쓰고 거리두기 잘하면 행동으로 우리가 우리를 지킬 수 있습니다. 우리 국민은 이번에 행동 백신을 100퍼센트 접종해서 비교적 안전한 겁니다.

저는 행동 백신보다 더 좋은 백신이 있다고 생각합니다. 생태 백신. 자연계에서 그 나쁜 바이러스가 인간계로 건너오지 못하게 하면 되잖아요. 자연을 잘 보존하면 앞으로 이런 일은 안 벌어집니다. 이게 그렇게 힘든 일입니까?

제가 이걸 세계 최초로 얘기한 사람은 아닙니다. 저 이전에 많은 분들이 얘기하셨습니다. 자연을 보호합시다! 네, 여러분 많이 들으셨어요. 그런데 그냥 흘리신 거죠. 하지만 제가 '자연 보호'라는 표현을 생태 백신이라고 고치는 순간, 이제는 들으셔야 합니다. 이젠 동참하셔야 합니다.

왜? 백신은 구성원의 적어도 70 내지 80퍼센트가 같이 맞아야 효력이 있거든요. 제가 백신을 맞았는데, 옆집이 안 맞으면 저 마스크 못 벗어요. 옆집도 같이 맞아야 우리가 다 같이 마스크를 벗을 수 있는 겁니다. 자연 보호를 저 혼자 하거나 제인 구달 박사님 혼자 해서 되는 게 아닙니다. 저도 하고 여러분도 다 같이 해야 가능해지는 겁니다. 그래서 제가 자연 보호를 생태 백신이라고 부르는 겁니다.

이젠 동참합시다. 자연과 우리의 관계를 재정립해서 원천적으로 이런 일이 벌어지지 않게 해야 한다는 겁니다.

지금 이 순간 우리 인류에게 주어진 전환은 생태적 전환밖에 없습니다. 기술의 전환도 아니고, 정보의 전환도 아닙니다.

죽고 사는 문제에 부딪쳤습니다. 생태적 전환을 해야 합니다. 호모 사피엔스라는, 현명한 인간이라는 자화자찬은 이제 집어던지고 호모 심비우스Homo symbious로서 다른 생명체들과 이 지구를 공유하겠다는 겸허한 마음으로 거듭나야 합니다. 공생인으로 거듭나야 합니다. 손잡지 않고 살아남은 생명은 없기 때문입니다.

최재천의 곤충사회

초판 1쇄 인쇄 2024년 2월 1일
초판 1쇄 발행 2024년 2월 13일

지은이 최재천
펴낸이 정중모
펴낸곳 도서출판 열림원

출판등록 1980년 5월 19일(제406-2000-000204호)
주소 경기도 파주시 회동길 152
전화 031-955-0700
팩스 031-955-0661
홈페이지 www.yolimwon.com
이메일 editor@yolimwon.com
페이스북 /yolimwon
트위터 @yolimwon
인스타그램 @yolimwon

주간 김현정
책임편집 황우정 김민지 **편집** 박지혜
디자인 강희철
마케팅 홍보 김선규 최은서 고다희
온라인사업 서명희
제작 관리 윤준수 이원희 고은정 구지영

ISBN 979-11-7040-252-7 03810